おいぼれハムレット

落語世界文学全集

河出書房新社

目次

おいぼれハムレット

橋本　治・口演
酒井捏造・速記

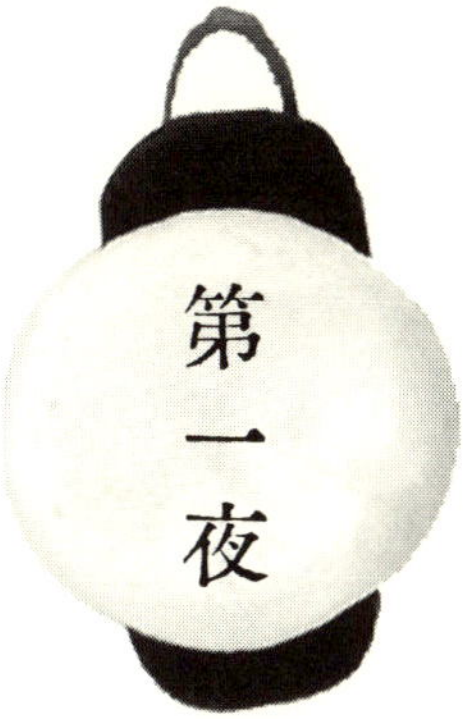

第一夜

（一）

大勢《おおぜい》様のお運び有難《ありがと》う存じます。河出さんとは以前にお付き合いがございましたが、ここのところはご無沙汰《ぶさた》続きの上、『文藝』さんのお席は初めてでございますので、お客様のご機嫌と席亭様のご機嫌を両方伺わなければならない私も、大変でございますが、ここは一つ気を入れて勤めさせていただきます。

扨《さて》、今日申し上げますのは、西洋のお大名家のお話でございます。お大名家のお話も色々とございます内で、「長ろうべきか死すべきか」で評判を取りました、講釈種《だね》の後日譚《ごじつたん》でございます。

時がいつのことかと申しますと、日本では源平合戦の頃でございます。これほど大時代《おおじだい》な話になりますと、小輩《わたくしども》ではあまり扱いません。講釈の方の領分になりますが、そこのところは「後日」でございますので、ずっと下って随分《ずいぶん》に当世風でもございますところが、こちらのお話となるのでございます。

時は大昔でございますが、所はと申しますと、これも西洋の欧州でございますから、上州の群馬県よりはよほど遠うございまして、その欧州の群馬県にデンマークというお大名の国がございました。北の海に突き出しまして、ノルウェーやイングランドという国々の上に立たれておりますご大身《たいしん》でございます。

上州と言えば湯所《ゆどころ》。草津に伊香保、猿ヶ京やら法師の湯やら、名湯には事欠きません。冬の空《から》ッ風でも一《ひと》ッ風呂《ぷろ》浴びれば極楽気分にもなりますところ。が、さりながら、欧州のデンマークには海からの冷たい北風は吹きつけましても、温泉なんぞはございません。

「うー、寒い。これさ、ホレイショー、この寒さはなんとかならんもんかよ」

「ご隠居、寒いはご承知でありましょうが。冬でござんすよ。真夜中でござんすよ。城壁の天辺《てっぺん》だったら、海からの風は真《ま》っ向《こう》から参りますよ。あっしゃ『寒い』と申し上げた。ご隠居は『かまわん』とおっしゃった。それでもあたしはね、ご隠居を冷たい石の上に座らせるわけにもいかないから、ブルーシートを持って来た。それだけじゃお冷えになんなさろうと思うから、下に段ボールだって敷きましたね。断熱効果があるんだから、これでましだとお思いなさいね」

「いや、寒い」

「分かってますよ、そんなこと。時代からいって、今はまだ石油ストーブなんかないんですからね。段ボールだって、何枚も重ねたら、滑ってお腰やみ脚を折りますよ」

この「ご隠居」ってェのが、昔は「長ろうべきか死すべきか」と宣《のたま》わさっちまっていたデンマークの若き王子様のハムレットでございますな。「生きるか、死ぬか」で悩んでいた人がずーっと長生きをして、八十を過ぎちまった。「俺《おら》ァもう年だからやだ」と言って、王位を息子さんにお譲りになったから、「ご隠居」で、水戸のご老公は旅に出ますが、こちらの方は「やだよ」ってんでお城に引き籠っている。お相手になっているのは、昔のご学友で、今や年取った幇間《たいこもち》同然のホレイショーでございます。

冬の海っ辺《ぺた》ですから、寒いに決まっている。ご老体は、「うー、寒《さぶ》い。寒《さみ》い！　出ねェなァ」と言っている。八十過ぎたご老体が、痩せた体の顎をがくがく震わせて「出ねェなァ」と言っていると、もうほとんどは見てくれが、カクカク言ってる骸骨だ。

「出ねェな」と言っているなにが出ねェのかというと、これが幽霊だという。

「出ねェなァって、ご隠居、あっしの方が聞きたい。『ここんとこ、毎晩城壁に幽霊が出る』っておっしゃったのは、ご隠居ですぜ。誰が見たわけでもねェ。ご隠居だって見ちゃいねェのに、『出る、出る』っておっしゃって、『出るんだから来い』って、あたしをこんなとこまで引っ張って来て、それで『出ねェなァ』とおっしゃったって、あたしゃ知りませんよ」

「でも、出ねェじゃねェか」

「はい、はい、出ませんよ。でも、あたしのせいじゃねェんだから。年寄りにも困ったもんだよ」

「おい、ホレイショー」

「なんですよ」

「寒いぞ」

「そりゃ分かってますよ。冬の真夜中に城壁の上に段ボール敷いて、ブルーシートおっ被せた上に座ってたら、ホームレスですよ。ジジーのホームレスがこんなとこに二人並んで座ってるのを見られたら、笑われちまいますよ」

「おい、ホレイショー」

「だから、なんですよ？」

「ありゃなんだ？」

「『なんだ？』って、なんにも分からないあたしに聞かれたって困りますよ。ここんとこあたしは鳥目《とりめ》で、夜になるとろくにものが視《み》えないんだから」

「鳥目はビタミンAだ。ビタミンAが足らんと、鳥目になる。レバーを食え。人参やカボチャもいいぞ」

「どうしてこういうとこだけまともになるんだろうね」

「おい、ホレイショー！」

「はいはい、はいはい」

「ありゃなんだ？　あの光はなんだ？　おお、怪しの人魂《ひとだま》が、こちらへぐんぐん近付いて来る！　おお！　善か、悪か、何者ぞ！」

「バーナードでございますよ」

「バーナード？　何者だ！　天使か、悪魔か、天のそよ吹く風に送られてこの地を浮かれ歩く者か？　さならずば、地獄の瘴気《しょうき》に送られてさまよい出た、悪鬼か！　亡霊か！」

「ご隠居、バーナードってのは、お城の者《もん》ですよ。天使でもなきゃ、悪鬼でもない。バーナードがカンテラ提げてやって来るだけで、人魂でもなんでもござんせんよ」

「へい、バーナードでございやす」

「なにしに来た？」

「お妃様が、『そちらはお寒うござんしょ』と仰せられまして、熱い雑炊《ぞうすい》を持て参じました次第でございます」

「お妃が？」

「はい、お手づから、残り物で雑炊をお作り遊ばして」

「よし、じゃそこへ置け、ご隠居の前に。そこってお前、石の上に直接置いたら、鍋が冷えちまうだろうがよ。こっちに置け、こっちにって、熱い鍋を直接ブルーシートの上に置く奴があるか！　熱でブルーシートは溶けちまうだろうがよ。ふんとにもう、ものを知らない奴はやだね。そうそうそう、ブルーシートをめくってな。そうそう、そこに置いたらもう帰っていいぞ。お妃にな、よろしくな。『おいしくいただきました』って、言っとくんだ。なにィ？　『まだ食ってねェ』だ？　これから食うんだよ。分かったらさっさと行けって。おい、待ちなバーナード、スプーンが一個しかねェぞ」

「ヘェ」

「『ヘェ』じゃねェよ。スプーンが一本だったら、俺は食えねェじゃねェか」

「召し上がるんでござんすか？　お妃様は、こちらにおいでのご隠居様にってお言っしゃいましたが」

「ああ、そうかい。俺には食うなって言うんだね。いらねェよ、さっさと帰れ！　思いやりってもんが、当節《とうせつ》どこからもなくなっちまいやがった。ご隠居！　ご隠居！　雑炊ですよ。お妃からの差し入れですよ。早くしないと冷めちまいますよ。ご隠居！　眠っちゃだめですよ！　こんなところで眠ると死ぬよ！　ご隠居！」

「なんだ？　天使か！　悪魔か！」

「違うってよ、困った人だね。お妃からの差し入れ。雑炊が来ましたよ、と」

「あの人影は、いかなる者ぞ？」

「イカでもタコでもないの。バーナードって、お城の者《もん》ですよ。さ、冷めるといけないから、さっさと召し上がって下さいな。あたしはいいから。スプーンがね、一個しかないから。はい、手に持って。ふーふーしないと熱いからね。さっきまで『寒い、寒い』って言ってたんだから。はい、口を開けて」

「熱い！」

「忙しい人だね。『寒い』って言ったり、『熱い』って言ったり」

「ホレイショー、これは誰が持って来た？」

「今言ったでしょ、バーナードですよ。天使でもなけりゃ、悪魔でもないよ」

「誰が作った？」

「だから、お妃だって」

「なに！　その手は食わぬぞ」

「お願いだから、私の手は食わないで下さいましよね」

「ホレイショー、これは毒だ！　妃は儂《わし》に毒を盛ろうとしている！」

「そんなことありゃしませんよ。なんならあたしが毒味をしましょうか？　スプーン一つしかないけどね」

「よせ！　毒だ！　妃は私の命を狙っておる！」

「狙われてもいいじゃないすか、もう死んだっていい年なんだからさ」

「生きるべきか！　死ぬべきか！　それが問題だ！」

「問題はいいんですけど、答は出ないんでしょ？」

「おお、消えてしまえ、影法師よ！　この満天の星！　この凍える大地の他に、確かなものはなにもない！」

「ああ、また始まったよ。どっかでスイッチが入ると、わけの分かんないことを言い出すんだ。はいはい、お言葉通りでござんすよ。確かなものはなにもない。鍋の雑炊もすぐ冷える」

「いやいやいや、確かなものは吾《わ》が脳髄！」

「どこがだよ」

「この脳髄を支える五体の筋肉は、まだ萎えず、老いず、確かに――」

「なんかなってないって」

「おお、お！」

「危ない危ない、立つんじゃないって。無理して踏ん張ったりなんかしなさんなって。ほら、倒れる倒れる」

「あたーッ！　痛ッ、痛《いて》ててててて、熱ッ！　ああッ！」

「ほら、言ったこっちゃない。雑炊の鍋、引っくり返しちゃったよ。ブルーシートは滑るんだって、言ったでしょ！　ご隠居、人の言うこと聞かない点じゃ、ご隠居の頭は確かでござんすよ。でも、脚腰は、玉乗りをしなさるみたいによたよたなんだ。ここまで、一人で階段上って来れましたかいよ。『行きたい』って言うから付いて来たけど、長い石段下りるのは、もっと大変なんですからね。倒れたのがいい汐だ。もう帰りましょ。あたしだって、こんなに寒いのはもういやだ。バーナード！　バーナード！　誰かいないかよ！」

「おおっ」

「また始まったい。なにが『おおっ』なんですよ」

「これぞ正しく、毒！」

「毒じゃねェって、ご隠居が鍋引っくり返しただけなんだから」

「ならばホレイショー、その鍋の中身を舐めてみよ」

「いやですよ、そんなこぼれたの」

「最前、其方《そち》は毒味をなすと申したではないか！」

「その、文語体で話すのやめなさいよ。重々しいだけで中身がないんだから」

「おお、死ねと言うなら死のう！　この、不義と残虐と偽りに満ちた、デンマークの邪淫の臥床《ふしど》に安眠を貪るくらいなら、いっそ、死んだ方がましじゃ！」

「デンマーク大使館から抗議が来たって、知りませんよ、私は」

「いやいやいやいやいや、妃には私を殺す理由がある」

「それは聞きますけど、帰りましょ。なにもこんな吹きっさらしで長話をすることはない」

「いや、聞け、ホレイショー！」

「はい。聞きますけど、手短にね。喋り出すと、あんたは長いんだ」

「なにから話そう？」

「だから、話したいことがあったら、中入ってまとめましょ。寒いんだからここは」

「そうだ、妃だ！　妃が悪い！」

「そうですな」

「あいつが、父上もこの吾が身も、吾が子をも殺したのだ！」

『殺した』って、ご隠居はまだ生きてますよ。それに、先の王様が死んだ時には、お妃はまだこちらにお輿《こし》入れになってないんだから、『お妃が先の王様を殺した』ってのは無茶でしょう」

「いや、なにもかも妃ガートルードの企み！　吾が子クローディアスを王位に即《つ》けんとして、吾が子ハムレットを殺したのじゃ！」

「ああ、もう話がグダグダで、なにがなんだか分かりゃしねェ」

ご隠居の相棒のホレイショーは頭を抱えておりますが、それも無理からぬことというのは、目の前のご隠居の名前がハムレットなら、そのずっと前にお亡くなりのご隠居のお父《と》っ様《つあま》の御名もまたハムレット、ご隠居の「吾が子」とおっしゃいますお亡くなりの王子もまたハムレットで、三代続いて同じ名前だから、当のご本人でさえ、誰が誰やら分からない。

吾が国ですと、親の名前の一字を子供につけてやるなんてェのは当たり前で、徳川の将軍様なんかは、家光だ家綱《いえつな》だ家斉《いえなり》だ家定《いえさだ》だと、やたらご神君《しんくん》家康公の「家」の一字を頂いておられますが、悲しいことに、デンマークには漢字がない。だから、親父も息子もそのまた息子も三代続いて同じ名前のハムレットになっちまいます。

王様になっちまえば、誰も王様の名前なんか言わない。「王様」とか「陛下」ですましちまいますから、名前がおんなじだって構やしない。死んだ後で、ハムレット一世だの二世だのと言うだけなんでございますが、親の漢字を一字もらう日本には、その風がない。太郎左衛門一世とか、次郎吉二世、ちょろ松三世なんぞという呼び方はございません。日本で親の名を継ぐのは一人前になってからだが、あちらでは子供の時から親の名前だ。漢字のない国は大変でございます。「三代続くハムレット」だけじゃない。長男はハムレットだが、次男の名はみんなクローディアス、お妃の名はみんなガートルードということになってしまっている。

ご隠居の死んだ息子はハムレットだが、二番目のまだ生きてる王子の名前がクローディアス。ご隠居のお父っつぁんのハムレット王にも弟がいて、これもやっぱりクローディアス。このクローディアスが兄嫁にちょっかいを出したということもあるのでございますが、ご隠居のおっ母さんであるこの兄嫁の名がガートルードで、ご隠居のところにまで雑炊を持って行かせたお妃の名もガートルードだから、誰がなにをしたって言われても、こんがらがって分かりゃしない。

「妃が悪い!」ったって、誰の妃か分からない。先代のお妃が先代のハムレット王様を殺したのか、それともご隠居のお妃の当代のガードルードがご隠居を殺そうとしているのか。うっかり間違えりゃ、ご隠居の今のお妃がずっと昔に溯《さかのぼ》ってご隠居の親父様を殺しに行くということにもなりかねない。「時を駆ける妃」でございますな。

大体、年寄りは惚《ぼ》けてしまうと、誰が誰だか分からなくなる。そうなる上に、三代揃って同じ名前なんだから、過去と現在が入り交じって、なにがなんだか分からない。おまけに、年寄りは惚けると被害妄想が出て来るから、「妃が悪い！　妃が雑炊に毒を入れた！」と言ったって、それが真《ほん》のことかどうかも分からない。今なら、「ご隠居、一遍病院に行って、診《み》てもらいましょうや。どうも様子がおかしい。分かりませんかね？」と言えたりもしますが、なにしろ、源平合戦の当時の昔だから、そんな病院もない。認知症という病名もなきゃ医者もいない。ご隠居に付き合ってるホレイショーの方も大変だが、大変なのは、ホレイショー一人じゃない。

(二)

「母上、母上!」

「なんですよ、クローディアス、そんなに慌てて」

「父上が!」

「父上がったって、お父さんはもう先《せん》からああなんだから、今更驚きゃしませんよ」

「でも――」

「でも、どうしたの? お父っつぁんが城壁から落っこって死んだってのかい? 夜の夜中にお城の城壁に上がるって言うからさ、あたしは『大丈夫なんですか？』って聞いたのよ。そしたらあの人は、人の言うこと聞いてんだか聞いてないんだかよく分かんない顔してさ、『大丈夫だ』って言ったのよ。あの人の『大丈夫』なんてあてにならないこと知ってるから、ホレイショーに頼んだのよ。『悪いけどちょいと、あの人に付き合っててちょうだい』って。『やめなさい』って言ったって、人の言うこと聞かない人だからさ、昔っからそうだからさ、私は『好きにすれば』って思ってるのよ」

「母上、それが――」

「それがなんなの？　私はね、ホレイショーにね、『城壁の天辺《てっぺん》から突き落としてくれ』なんて言ってないよ。城壁上る途中に石段で足踏みはずして骨でも折られたら事だからね、くれぐれもホレイショーに、『気をつけてね』って言ったわよ」

「ホレイショーだってもう年ですよ。年寄り二人、そんなところに上げてどうする気だったんですよ」

「だから私は、マーセラスとフランシスコに、『上まで付いてってちょうだい』って言ったわよ。お父さんはね、『来るな！　余分なことするな！』って言ったけどさ、言うだけよ。結局、言うだけで出来ないとなると、平気で人の手借りちゃうんだから。昔っから、そういう人なんだから。で、なによ？」

「母上、『女の暴力は腕力ではない。女は言葉で男を絞め殺す』という言葉をご存じですか？」

「知らないよ。なんなの、それは？」

「私が今作りました」

「あ、そう」

「母上が父上をあんな所に上がらせるから、父上は大変ですよ。

『幽霊を見た、幽霊を見た』って」

「あの人はね、どこに上げたって上げなくたって、『幽霊を見た』って言うんだよ。私がさ、そこら辺の残り物で雑炊を作らせて、『寒いからなんだよ、これでも持ってって』って、持ってかせたのよ。バーナードも災難だ。夜の夜中にカンテラ提げて、雑炊の鍋持って石段上がるんだからね」

「誰が上がらせたんですか」

「あたしよ。夫を思う妻の心よ！　そしたらなんだよ、あんた」

「母上の口のきき方は、もうそこいらの婆さんですけどね」

「婆さんで悪かったよ。人間誰だって年を取るんだ。年を取っても忘れちゃいけないのは、人の心だ。だからあたしは、バーナードに雑炊を持ってかせたんだ」

「いいですけどね母上、『バーナード、バーナード』って、あいつは脇役のちょい役なんですから、そんなに何回も強調しないで下さいよ。誤解されますよ」

「ふんとにお前は、いくつになっても人の目を気にして！　そんなに気が小さかったら、王様なんかやってられませんよ」

「まだやってないでしょうが。やろうとしたって父上が――」

「父上はいいんだよ。どうしてお前は、あたしに最後まで喋らせないんだよ？」

「最後があるんですかね？」

「なに？」

「耳はいいんだ」

「いいんだよ。あたしはお父さんなんかと違って、どこも悪くないからね。ホレイショーが言うんだよ。私が持ってかした雑炊を、あの親父が引っくり返してさ、『毒が入ってる』って言ったって言うのよ。なんだってあたしが、毒なんか入れなきゃいけないのさ」

「まァ、なんらかの毒は入ってるかもしれませんが」

「なに？」

「なんでもありません」

「『毒だ』なんて失礼なことを言っといてさ、あの年になると不思議よね。雑炊引っくり返しといて、火傷《やけど》一つしないっていうんだから。それでよ、あんた。その後でさ、『幽霊だ』って言ったっていうのよ。いやだよね。ほんとに、年寄りは前後が逆でも平気なんだから。幽霊じゃないよ。あれはカンテラ提げたバーナードなんだから。ホレイショーがそう言ってたんだから。それで、なに？」

「いいんですか？」

「なにが？」

「だって、さっき母上は『あたしに最後まで喋らせろ』って言ったじゃないですか」

「それで？」

「いいんですね？」

「いいわよ。なんでもお言いよ」

「母上だって、もう十分年寄りなんですからね」

「なんだって？」

「なんでもないですよ」

「だったらさっさとお言いよ。お前もお父さんに似て、つまらないことをグダグダ言うんだから。お前の死んだ兄さんの方が、私はずっと好きだった」

「いいですかね、母上？」

「いいよ」

「そのね、父上がね、言ってるんですよ。私は直接聞いたわけじゃないけども、私が、王座を狙って兄さんを殺したって言ってんですよ。兄さんが死んだのは、私が小学校の頃ですよ。今でも覚えてます。ああ、これから理科の実験室へ移動しようとする時だった。先生が私に言ったんだ。『クローディアスくん、お城からお使いが来てますよ。お兄さんが、中耳炎をこじらせて死にました』って。それで私は学校を早退《はやび》けしたんだから。私が兄さん殺すわけないんだから」

「そうだよねェ」

「『そうだよねェ』って、おっ母さん、落ち着いてる場合《ばやい》じゃないですよ」

「なにがいいね？」

「お父っつぁんはね、おっ母さんと私が共謀して、兄さんを殺したって、大声で言い触らしてんですよ」

「失礼しちゃうわねェ、なんだってあたしがそんなことしなきゃいけないのよ」

「私を、王座に即けるためですよ。憎いハムレット兄さんを殺して、可愛い弟の私を王座に即けるためにね」

「誰が？　まじまじ見ちゃうわよね。『可愛い弟』って誰なのよ？」

「私ですよ」

「へー」

「『へー』って、母上、それが愛しい吾が子に言う言葉ですか？　母上がそんなもんだから、父上だってひねくれて、あんな風になっちゃうんですよ」

「お前、よくそんなことを言うよねェ。あたしはなんにもしてませんよ。あの人が勝手に惚けただけなんだから。それに第一、お前はまだ王座になんか即いてないんだから。『儂《わし》ァ疲れた』って、勝手に退位を言い出して、そのくせ王冠をどっかに隠して、お前に戴冠式をさせないんだからさ。あたしが『王冠どこやったんですよ！』って言ったって、知らん顔をしてるんだから」

「だからね、母上。それで父上はね、私と母上が組んで『王座奪還を狙ってる』って言うんですよ」

「なんで？」

「だからァ、母上が父上に『王冠どこやったんですか？』って、言ったでしょ！」

「言ったわよ」

「ほんとうにもう、年寄りは、やだね。おんなじ話を何遍も繰り返さなきゃなんないんだから！　母上がね、『王冠どこだ』なんて父上に言うからね。父上は、私と母上が組んで『王座を狙ってる』なんて言うんですよ。『儂を殺そうとしてる』とかね！　もう、やだよほんとに！」

「なにがやなのよ」

「父上はね、私とご自分の叔父君《ぎみ》のクローディアス王をごっちゃにして、私と母上が密通してるって言うんですよ！　それじゃ近親相姦じゃないですか！」

「年寄りはね、惚けるとなんだか分からなくなるのよ。それで、なんでも下《しも》がかった話と結びつけたがるの！　あたしだっていやよ。あの人はもう、被害妄想だからさ、あたしに面と向かって言うのよ。『叔父君と寝たろう！』ってさ。『暗夜行路』じゃないんだから。真面目が取柄《とりえ》っていうけど、真面目な人ほど年取るとおかしくなる。若い時はつまんないのにさ。あたしはしてないって。『不倫はあんたのお母さんでしょ』って言うと、もう、ギャーギャー泣き出して、なにがなんだか分からないんだから。もう、ほんとにそう！　昔っからあの人は、都合が悪くなるとわけの分からないことを言い出して、自分の中に閉じ籠っちゃうんだから！いつだってあたしが悪者なんだから！　ああ、この家に安らぎはないの！　私の心を落ち着かせてくれる、愛の癒しはないの！」

「突然わけの分かんないことを言い出すところは、やっぱり夫婦なんですかね」

と、息子のクローディアスが言っておりますところへ、こう、トントンと、戸を叩く音がする。

「なんだね？」と息子の王子が言いますると、重い樫のドアがギィと開きまして、そこから女が顔を出しました。

(三)

「あの、聖書に関心はおありですか?」

「ああ、オフィーリアの小母さんですか」と、王子様のクローディアスは言いましたが、お妃のガートルードは、「また来やがった」と露骨にいやな顔をして、そっぽを向いてしまいます。

「あのね、小母さん、デンマークはね、キリスト教国だから、今更『聖書にご関心』もへったくれもないんですよ」

そう言われて、年の頃は六十だか七十だかよく分からないが、年を取ってることだけははっきりしている尼さん姿のオフィーリアが、「なんですか?」と言いながら中に入って来る。

「なんですか? よく聞こえませんでね」と、頭からすっぽり被った尼さん頭巾を傾けて言うんでございますが、実はオフィーリアの小母さんは耳が遠い——と申し上げて、これが本当かどうかは分からない。

「小母さん、耳が遠いんですか?」と言っても、この小母さんは「はい?」としか言わない。耳は遠いのかもしれないが、その耳は白い頭巾で隠れてる。尼さんでございますので、「ちょいと小母さん、その耳の頭巾を上げて下さいな」とも申せません。耳の上に布が被さってるから聞こえないのか、耳が遠いから聞こえないのかがよく分からないが、ホントは聞こえてるんだが、都合の悪いことは聞こえないふりをしているのかもしれない。人間、都合の悪いことは、平気で聞こえない顔をいたします。

たとえばこちらの長屋でも。

「ご隠居、ちょいと金を貸してくれませんかね」

「おお、いいよ。悪いね」

「なんです、ご隠居。手なんか出して？」

「だってお前《まい》、蟹《かに》くれるんだろ。悪いね」

「そんなこと言ってやしませんよ。あたしゃ金貸してくれって言ってんだ」

「蟹の脚を食うんだろ。いいですよ、あたしももう年だから、脚だけでいい。蟹味噌もうまいが、甲羅ならお前にやるから食いな」

「ご隠居、あたしは蟹味噌なんかほしかねェんだ。月の払いが滞っちまってうるさく言って来るんで、ちっと金を貸してくれませんかと言ってるんでございやすよ」

「内の婆さんは、もう月の物《もの》が上がっちまったから、吉原《なか》へ奉公に出そうったって遣り手くらいにしかならねェが、それでもお前《め》ェは内の婆さんに気があるのかい？」

「ないよ」

「内の婆さんの名前《なまい》は『かね』だぜ」

「あんな婆さん借りてどうしようってんですよ」

「そりゃすまない。お前《まい》が『かね』だと言うからよ。八つぁん、どうも最近は耳が遠くてな。長い話がいけねェ、分かりゃしねェ」

「ご隠居、あたしは八じゃねェ、熊だ」

「そうかい八つぁん、すまないね」

「ご隠居、あんたが悪いのは、耳じゃなくて頭の方だ」

「なんだって、もう一度言ってみろ」

「聞こえてんじゃねェか」

「聞こえねェよ」

って、下らない騒ぎでございますが、オフィーリアの小母さんの「耳が遠い」も似たようなもんで、聞こえるんだか聞こえないんだか分からない。意味もなくお城へやって来ますのを、若いクローディアスは真に受けて、

「小母さん、『聖書にご関心が』って言ってますがね、まだルターは生まれてないんだ。宗教改革まではまだ三百年あるんですよ。聖書に関心持ったって、みんなラテン語なんだから、読めるわきゃないでしょう」と、こちらも時代考証はちゃんとしております。

「小母さん、人に聖書奨めてますけど、小母さんは読んだことあるんですか?」

「もちろん、私は俗界を捨てて主《しゅ》にお仕えする身でございますから、読まずとも分かっておるのでございますが、俗世の方にはそれもなりますまいと思いまして、こうして信仰をお奨めしておる

のでございます。よろしかったら、少しお触りになりません？」と、尼さんはまだ若いクローディアスのそばに寄りまして、手にしております書物でクローディアスの脇腹の辺りを、ちょい、ちょいと突つきます。お妃は、それを横目に見まして、「クローディアス！」と一声。

「その女は、なにかあればお城に来てうろうろしてるだけなんだから、相手になんかするんじゃないの！」

お妃はお憤《むつか》りでございますが、頭巾を被りました尼さんは、一向に聞こえぬふりでございます。

「ほんとに、内の子に余分なちょっかい出してないで、さっさと尼寺へお戻り！」

「ああ、その声はお妃様。美しい、美しい、恐ろしいほどに恐ろしいお妃様。誰が、誰が殺したの、私の可愛いクック・ロビン！」

「また始まったよ、ほんとに。都合が悪くなると、すぐ訳の分かんない歌を歌ってごまかすんだ！　誰か！　ちょっとこの女を追い出しとくれ！」

お妃様がご不快なのには理由がございます。実はこのオフィーリアという尼さんは、ハムレットのご隠居の昔の恋人だったんでございます。そもそもは、このお城に仕えます大臣家の娘で、ご隠居も昔は王子様のハムレットだった。日本ですと、「男女七歳にして席を同じうせず」と申しまして、人間とは放っときゃ色恋沙汰に走るもんだと知っておりますから、「小学校に上がっちまったらもう危ないぞ」と解しておりますが、西洋の方はそうでもない。王子様のそばには大臣の娘がおりまして、このポローニアスという大臣がかみさんを亡くして、男手一つで娘を育てましたもんだから、あまり目が行き届かなかった。そこで、十代の年頃になったご隠居は、つい手が出てしまった。

若くて王子様で、相手は臣下筋の娘だから、簡単にものに出来ると思って、二人っきりになると、すぐに「いいじゃないか、やらせなよ」と言ってしまった。

そりゃいいですよ、王子様だから。でも、やられる方は考えちまう。ぬけてはいても、親父のポローニアスは娘に言っていた。

「いいか、オフィーリア。お前がその気になってもな、ハムレット様は王子だ。家《うち》とは身分が違うんだから、お前はお妃にはなれねェぞ。いずれ王子はな、ノルウェーなりポーランドなりからお妃を迎えるんだ。お前《め》ェは捨てられるんだから、王子様に『いいじゃねェか』と言われても、その気になんかなるんじゃねェぞ」

そこまで分かってるんなら、娘を家の中に入れて鍵でも掛けておけばいいものを、そこがぬけてる爺さんのポローニアスは、平気でオフィーリアを外に放っぽり出して遊ばしていた。だから、ご隠居の王子様は「なァ、いいだろ。いいじゃないか」と迫って来る。

「いいじゃないのォ」と迫って来られても、これが「成さぬ恋」と分かっているから、オフィーリアはおいそれとは言うことを聞かない。年頃の娘というのが、これまた自分本位で計算高い。「やりたい」という気があっても負け惜しみが強いから、知らない顔で気を持たせる。「私にもその気がないわけじゃないのよ」というのがバレたらまずいので、「なァ、いいじゃないか」と言われても、聞こえぬふり。

「『いいじゃないか』って言ってるんだから、後二回は言うわ。三回目の『いいじゃないか』が出たら、その時に『なァに？』って聞こえるふりをしよっ」と構えております。都合の悪い時には聞こえぬふりというのは、三つ子の栴檀《せんだん》は双葉より芳《かんば》しい魂というものでございますな。

「いいじゃないか、オフィーリア」

「え、なァに？」

「『え、なァに？』って、いいじゃないか」

「『いいじゃないか』って、なにかしら？」

「『なにかしら』って、つまりだよ」

「『つまり』って、なにかしら？」

　こうなるともう、「『なにかしら？』ってなにかしら？」で、ご隠居の王子様は好き放題に振り回される。

　これで、時代の先端を行くアプレゲールの太陽族の皆さんですと、すぐにその場で押し倒したり、ドリンクの中に睡眠薬を入れたりしてしまいますのでございますが、なにしろ若いご隠居はデンマークの王子でございますので、そうもなることも出来ません。体は、若い盛りのやる気満々でも、心の方は今で言うところの草食系でございまして、伸びた天狗の鼻がままにならずで、へし折られてしまう。

「ああ、僕はやりたいんだ。やりたいんだ。ああ、僕は、やりたいだけの獣《けだもの》なんだ。ああ、あの人は清らかな風に吹かれる野の菫《すみれ》の花のように、汚らわしい僕の欲望をやり過ごしてしまう」などと、美しく青春の悩みを嘆くのでございます。

「今時なに言ってんだ」と思し召しのお客様もおいででございましょうが、野に咲く菫と申すものは、人の小指にも足らぬほどの丈《たけ》でございまして、地面近くのこの花を揺らす風というのは、立っていられぬほどのすべてを吹き飛ばす大風のようなもので、言いえて妙な大袈裟《おおげさ》でございます。

若いご隠居は、花につけ、風につけ、「ああ、やりたい」「ああ、やれない」「僕は獣だ、汚らわしいんだ。汚れちまった悲しみに、今日も汽笛が泣いている」などと、さんざんに悶え苦しみまして、それを見ているオフィーリアは、「ふふふ、あたし勝っちゃった」などと、悪魔の笑みを漏らすのでございました。

これで、お話がどのようになりますのかと申しますと、どのようにもなりません。汚れちまった悲しみで獣のようになってしまいましたご隠居は、「そうだ、僕は獣だ」と開き直りまして、獣にふさわしい下女に片っ端から手を付けてしまうのでございます。

となりますと、今更、大臣家のお娘《むす》でございますオフィーリアには出る幕がございません。お上品に構えて、「ほほほ、なんのことかしら」と言っていた手前、勝ったからといって「跪《ひざまず》いて足をお舐め」と言うことも出来ませんで、ひたすらにお高く構えたまま、早アラサーでございます。

ハムレットのご隠居は一国の王子様でございますから、三十路《みそじ》ということになればお妃を迎えまして、北のノルウェーから海を越えてのお輿《こし》入れが、今のお妃のガートルードなのでございます。

さァこれで、オフィーリアは焦ってしまった。「王子様は私をお求めになっていたのにどうしたこと？　あんな他所者《よそもの》の女をお妃にお迎えだなんて」と、こちらも勝手に悶えまくります。

自分が世界の中心にいると思います女は、なんとしてでもその立場のえらさを譲りませんで、手前勝手な理屈で世の中を書き替えようといたします。

「王子様は、結婚なんかしたくないはずよ。あんな女と、愛のない結婚なんか、王子様はしたくないはずよ。そうよ、王子様は女になんか関心がないのよ。だから私に『いいだろ』と言って、それぎりなんにもなさんなかったんだわ！　ああ、私は王子様の秘密をたった一人この世で知っている女なんだわ！」

と、とんでもないところへ行ってしまった。

「そうだわ、王子様はゲイなのよ。王子様はだから、ご学友のホレイショーと、いつも二人でいやらしいことをしているんだわ！　ああ、いやらしい」と口では言いながら、自分の勝手な発見を喜んでいる。

「ああ、いやらしい、いやらしい」と、嫌がっているのか喜んでいるのか分からないまま、一人で修道院へ入ってしまった。

表向きは、王子様のご結婚に絶望して尼寺へ入ったで、裏向きだって同じようなものでございますが、負けが込んだオフィーリアはそんなことを認めない。

「世の中に女の居場所はないんだわ！　私はその真実を知ったんだわ！」と勝ち誇った口をきいて、俗世とは無縁の女しかいない修道院へ入ってしまった。

　真実と哲学となんとかは紙一重でございますが、修道院へ入ったオフィーリアはその後なにをしているのか？　ボーイズラブのマンガを描き続けて、コミケで売ろうとしている。「聖書に関心はおありですか」と言ったオフィーリアが持って、今の王子のクローディアスの腕腹をちょいちょいと突つきましたものが、「先輩だめですよ」「いいじゃないか、俺はお前が前からほしかったんだ」「だめ、ああ、先輩だめ」の、手描きのＢＬマンガだったのでございます。

　ふんとに、なにをやってんだか、でございますな。

（四）

お妃は、清純面《づら》してドロドロの混沌を抱えたオフィーリアの婆さんが大嫌いなのでございますが、オフィーリアの方はお妃を「ノルウェーから来た物知らずの美しからぬ俗物女」としか思っておりませんので、「この女を追い出しとくれ！」とお妃に言われましても平気の平左。突然、「はい、注目！」と声を上げまして、「私《わたくし》ね、今日は皆様にお知らせしたいことがございまして、こちらへ参りましたの」と、部屋の中をぐるりと見回しました。「皆様」と申しましても、だだっ広い石造りのお城の部屋におりますのは、お妃とクローディアス王子のただ二人でございまして、ぐるりと見回しても、目に入るのは石積みの壁ばかりでございます。それでも、二十歳をまだ三つ四つ過ぎましたばかりのクローディアス王子は、人に流されやすいご性分で、「なにがあったんだろう？」と身を乗り出しまして、お妃様から「ほら、またお前は――」と、ご注意の目配せをお受けになるのでございます。

「よろしゅうございます？　実は、私の兄のレヤティーズが、明日、パリィから戻って参ります！」

「レヤチーズって誰？」とクローディアス王子は思いますが、お妃は「そんなもん、知らなくていいのよ」とばかりにそっぽを向きます。

知らないと申しますのは結構なことで、王子様はうっかりと、「パリィからチーズケーキが届くんですか？」と無邪気におっしゃってしまいます。

オフィーリアの小母さんはすました顔で、「届くかもしれません。お目出度《めでた》いことでございますから、チーズケーキもウエディングドレスも届いてしまうかもしれませんわね。ほほほ」

「小母さん、なにが目出度いんですか？」

「決まっておりましょう。戴冠式《たいかんしき》でございますよ。兄は、愛しい王子様の戴冠式に出席するため、三十年ぶりに国へ帰って来るのでございます！　ああ、私の父だとて、二十年ぶりに老人ホームから這ってでも出て来ると申しております」

「小母さん、『王子様』って誰？」

「そこにおいでのハムレット王子様でございますよ」

哀れなクローディアス王子は、自分の後ろに誰か立っているのかと思って振り向きましたが、そこには誰もおりませんで、「なんのことだろう？」とお妃に助け舟を求めました。

「ああ、もう気にすんじゃないよ。この婆さんは、あんたと内の人を一緒にして間違えてんだから」

「戴冠式ったって、母上、王冠がどっかに行っちゃったんでしょう？」

「そんなもん、すぐに見つかるんだから、あんたは気にするんじゃないの」

「いえ、いえ、お坊っちゃん。兄はちゃんと承知しておりますよ。なによりも大切な、愛する王子様でございますから」

レヤティーズと申しますのは、ハムレットのご隠居と同じ年頃の、昔は若かった若者の今は爺さんでございます。

オフィーリアの兄というんだから、大臣家の息子でございますが、この男がずっとパリィへ行っていた。パリィからデンマークまでは、船で二泊三日の旅でございますが、レヤティーズはそこに三十年も行きっ放しになっていた。なんでかといえば、言うまでもござんせんな。パリィにはこれがいた。

本当に若い頃にパリィへ留学に行っていて、そこで馴染みになった女がいた。で、「こいつと結婚させてくれ」と言ったんだが、お父っつぁんのポローニアスは、「パリィの商売女なんぞを嫁にするのは許さん！」と言って、言われた息子は「ああ、そうですか」とパリィへ戻ってしまった。それからずーっとパリィに居続けて、金が足りなくなるとたまあにデンマークへ帰って来る。三十年ぶりに帰って来るというのも、パリィでやっていた事業に失敗して、デンマークの家屋敷を売っ払って金に換えちまおうという算段なんでございますが、オフィーリアの婆さんはそうは思わない。

　レヤティーズがパリィに行きっ放しになっちまったのは、ちょうどハムレットのご隠居が結婚した頃だったものだから、なんでもボーイズラブやおっさんラブで考えちまうオフィーリアは、失意の身を「兄さんは、ハムレット様のご結婚に衝撃を受けて、パリィに隠されたのだわ」と思い込んでしまった。

娘の頭がいささかおかしくなっているのは、思春期の病だから仕方がないようなもんですが、これで「大丈夫なのか？」と言いたいのが、親父のポローニアスでございます。

「お前《め》ェはお妃になんかなれねェんだから、王子とチョメチョメなんかしちゃなんねェぞ」と言っていたその娘は、「出家します」と言って尼寺の修道院へ入ってしまう。なんだかんだ言ったって、女の出家は失恋の傷が大きな原因になるものなんだが、妻を亡くして男鰥《おとこやもめ》のポローニアスにそんなことは分からない。娘は適当にわけの分からないことを言って、さっさと修道院に入ってしまった。だったら、息子に嫁をもらって家の跡を継がせることを考えりゃいいのだが、息子が嫁にしたいと言うのは異国の商売女だから話にはなりませんで、こちらもまた国を離れてパリィへ行ったっきり、帰って参りません。

その頃のポローニアスはまだ爺さんになりかけで、子供に逃げられたのはショックだが、そこはそれ、昔の男でございますから、後添いのかみさんももらわず、一人で歯を食いしばって大臣をやっておりましたが、そんなことをやっているから、疲れてガタガタになって、二十年前に老人ホームに入っちまった。

なんでもかんでも、自分の都合のいいように勝手に解釈してしまうオフィーリアでございますが、ところどころで符節は合って、親父様が老人ホームに入ったのが二十年前だということだけは合っている。合っているんだが、このオフィーリアのお父っつぁんが今いくつかということになると、自分の歳もよく分かんない女だから、当然分からない。

ポローニアスは、今年百八の煩悩の数と同じ年で、足の具合はよろしくないが、まだ生きて大臣をやっている。驚くべきは、このデンマークの国のあり方でございます。

息子のレヤティーズは、パリィに行ったまま帰って来ない。昔のことでございますから、大臣は世襲のポストで、レヤティーズは大臣にならなきゃならないんだが、これが帰って来ない。仕方ないからポローニアスの爺さんは、九十近くまで大臣をやっていて、辞めずにそのまま老人ホームへ入ってしまった。

大臣は老人ホームにいるから、なにかあると家来が決裁書類を持ってハンコをもらいに老人ホームへ行く。大臣はいるけど、役に立つのかどうかは分からない。それでもデンマーク王家は平気で、息子の方もパリィでなんだかわけの分からないことをやっている。どうしてそれでよかったのかと申しますと、平和だったんでございますな。平和で、デンマークはノルウェーやイギリスに頭を下げさせることが出来た大国だったもんだから、年取った王様が惚けても、大臣がいるんだかいないんだか分からなくなっても平気だった。だもんでございますから、お妃一人が「なんで私がなんでもやらなきゃいけないのよ！」と声を荒らげておりましたんでございます。

平和というものは恐ろしいもんでございますな。「これでいいんだ」と思っているから、若い奴は好き勝手なことを言ってどこやらへ行ってしまう。後継ぎの若いもんがいなくなっちまっても、年寄り連中は「俺等はまだ若い」と思っているから、一向に平気で変わりゃしない。そのまんま年取って、どんどん年取って、それでもまだそのまんまだから、お妃のボルテージは、「なにやってんのよ！」とますます高くなってしまう。

ご隠居と同じ名の長男のハムレットは早死にをしてしまいましたが、まだ次男のクローディアスはいる。惚けてるくせに、「俺は正気だ！　この恐ろしい国で生き延びるためには、正気のままではいられない！」などと、勝手で傍迷惑《はためいわく》なことを言っているハムレット王様にはさっさと退位してもらって、クローディアスが新しい国王になれば楽になれるのにと思って、一旦はご隠居に退位をしてもらった。「ああいいよ、俺も年だし」で、退位をしてご隠居になったはずだが、そうなった途端、被害妄想が出ちまった。

「ガートルードはクローディアスと組んで、俺を追い落とそうとしている。王位を狙って俺を殺そうとしている」と考えて、一度は頭からはずした王冠をどこかに隠してしまった。おまけに、自分の母親の名前もガートルードで、死んだ叔父さんの名前もクローディアス、自分の父親の名前もハムレットだから、誰が誰だか分かんなくなって、「死んだ父王がすべてをお見通しで、俺にデンマークの危機を告げようと、亡霊になって夜な夜な現れる」とさえ言い出した。

「もう、勝手にしなさいよ」と思ってるところに、これまた頭のおかしい尼さんのオフィーリアがやって来て、なんの役に立つのか分からないが、「兄がやって来ます」と言う。

さっさと戴冠式をやってクローディアスを王位に即けたいお妃としては、「お前の兄さんがやって来たって、どうだっていうんだよ。お前の兄さんが、内の人の隠した王冠のありかを知ってるっていうのかよ！」と言いたいところへ、またしても誰かがやって来る。

（五）

「はい、はい、はい」

「お父様！」

「はい、はい、はい。その昔、大久保彦左衛門は、担がせた盥《たらい》に乗って登城をいたしましたが、この不肖《ふしょう》ポローニアスとてなにしに後《おく》れを取りましょう。これ、この如く手押し車に乗りまして、火急のご用に駆け付けましてございます」

さすがに百八歳のポローニアスは惚けて、ずっと後の時代の天下の御意見番と自分を取り違えておりますが、驚いたのはお妃とクローディアス王子でございます。

クローディアス王子が生きたポローニアスを見ましたのは、幼稚園の時が最後でございますから、台車に載せられた五百羅漢《ごひゃくらかん》の置き物のような痩せた爺さんを見ましても、「生きているのか？」としか思えません。

喋るロボットのようなポローニアスに向かいまして、「お爺さん、生きてるんですよね？」などと失礼なことをおっしゃいます。台車の上の爺さんは、五尺ばかりの金剛杖のような棒を抱えておりまして、アクセルを踏むようにこの棒を突きますと、台車はゴトゴトと前へ出ます。

「お爺さん、今日はどうしてお城へ？」と王子がお尋ねになりますと、前に出た車の中で「はい、はい、はい」と。

ともかくもう耳が遠くなっておりますから、人の言うことなんざ聞こえやしません。

「お元気ですか？」

「はい、はい、はい」

「大丈夫なのかよ？」

「はい、はい、はい」

「なに言っても『はい、はい、はい』だよ」

「お父様、王子様にご挨拶は？」と、娘に問われましても、「はい、はい、はい」

なにを言われても「はい、はい、はい」で、そのくせ、「レヤティーズは参りましたか？」と、自分のことだけは大声で言う。

もう、声のボリュームが壊れて分からなくなっておりますから、「はい、はい、はい」の声もお城の石壁にガンガンと響くような声になる。

「レヤティーズでございますか？」と、聞かれもしないことを勝手に言う。言いたいことだけ言って人の言うことは聞こえないんでございますから、羨ましいようなもんでございます。

「レヤティーズがこちらにおると承りましてな！　不肖ポローニアス、こうしてここへ登城いたしました！」

これに合わせる娘の声も、これまたでかい。

「お、父、様！　お、兄さんは！　今日は、まだ着かないの！明日よ！　明、日！」

「え?!　なんだって、お爺さんが、明日死ぬのか」

「もう、やだよ、俺は」と思いますのは、この国の未来を担います王子のクローディアスでございます。「なんだって、この国は年寄りばっかりなんだ！」と今更のようなことを天に向かって吐き出しますと、そこへまたしても人がやって参ります。

六畳の座敷ではなくて、広いお城の一室でございますから、来ると言えば人は来る。どんどんやって来て、「ヴォルティマンドでございます」「コーニリアスでございます」と、それでもまだ元気な年寄りが二人現れた後ろに、いつの間にかハムレットのご隠居が立って、「消えろ！　消えてしまえ！　影法師め！」と叫んでいる。

「お父さんのことは放っときなさい。ヴォルティマンドにコーニリアス、どうしました？」と、仕事をしなければならないお妃は、仕方なしに二人に言います。

放っとかれたご隠居は、哀れにも、「消えろ！　消えぬのか。そうなのか」とつぶやいて、ぼんやりと突っ立っておいでです。

二人の内のどっちかが、「ノルウェー王に拝謁《はいえつ》いたしまして、只今戻りましてございます」と。

「そうなの。それで、私の弟のフォーティンブラスの様子はどう？」

「ノルウェー国王にはお変わりもなく、仰せられますには、東方から韃靼人《だったんじん》に追われました難民、ポーランドまで辿り着き、デンマークを抜けノルウェーへ至り着きたいと、嘆願の書をノルウェー王に奉じまして、これをご覧になられましたノルウェー王は、よろしくあってしかるべしと仰せられ、かくなる上は、難民のデンマーク通過をお許しあられませいとのことでございます」

「相変わらずお前の言うことは分かりにくいわね。フォーティンブラスはなんだって言うの？」

「スラブの難民がポーランドからこちらへやって来ますので、通して下されましということでございます」

「通すだけね？　難民はノルウェーで引き取るのね？」

「左様《さよう》でございます」

「だったらいいわ。いいわよねって、私は誰に聞けばいいの？

退位した王様は埒《らち》がないし、国の大臣はよぼよぼだし。ちょっと！　そこの！　オフィーリア、ウチの人に手ェ出すんじゃないよ！　ふんとに、まともな人間はいないのかね！」

「母上、私がここに」

「ああ、クローディアス！」

「おお、なんということだ。先王の喪のまだ明けぬ内、不義の褥《しとね》に妃が通うとは！」

「ちょっと、あなた！　もうなんでも色事で譬えるのはやめてちょうだい！」

お妃がご隠居に怒鳴りますと、尼さんのオフィーリアはただ「ふふふ」と笑うという不気味さでございますが、そこへまた人がやって参ります。

「誰なの？　もう来ないで、混乱するだけだから！」

「お妃様、私でございます。ギルデンスターンと」

「ローゼンクランツでございます」

「ああ、もう外人の名前ばっかりで覚えきれない!」とお妃が申しますものですから、本日のお話はここまででございます。又の日をよしなに。

第二夜

（一）

エ、、引き続きまして、お話は、異国《とつくに》のハムレットでございます。これでなんでございますな。異国の話はむつかしうございます。なぜかと申しまするに、日本人が一人も出て来ない。普段は八つぁんや熊さんですましております私輩《わたしども》が、フォーティンブラスやらギルデンスターンやら、人の名前ともつかぬものを口にいたしますから、下手をすれば舌を嚙み切ってしまいそうなところでございます。おまけに、お話は後日でございますので、その分、出て来る顔触れがみんな年寄りになってしまいまして。年寄りというのは難儀なものでございますよ。なにしろ、きりがない。婆さんの体の中には特殊な回路が埋め込まれておりますようで、これがなんらかの拍子に作動いたしますと、婆さん達が次から次へと集まって来る。餌を見つけた鳥は「カー」と鳴いて仲間を呼び集めると申しますが、婆さん達は鳴かずに、集まる時は集まって来る。

「あら、田中さん、どうしたのよ。久し振りじゃないの」

「そうなのよ、こないだ内あたしはさ、腰が痛くて外に出られなかったのよ」

「だめよ、外出ないと」

「そうなのよ。だからあたしも、これじゃいけないと思ったんだけど、黒酢ににんにくを切らしちゃったのよ。慌てて注文したんだけど、品切れですってなかなか来ないから、それでね」

「あらら、佐藤さん、どうしたのよ？　相変わらず陰気な顔してさ」

「陰気じゃないわよ、私は。そんなことより井上さんよ。また息子が仕事辞めたんだって」

「またァ？　いくつなの？」

「四十八よ」

「あ、石原さん！　ちょっとちょっと！　あんた、井上さんの息子がまた仕事辞めたって知ってる？」

「あら、そうなの？　それは知らないけどさ、鴨居さんねェ、どうやらなんかに引っ掛かったらしいの」

「なんなの？　振り込め詐欺？」

「そこがよく分かんないんだけどさ、息子から電話が掛かって来たって――」

「だって、あの人、息子いないじゃないの」

「そうなんだけどねェ――」

「来たよ、来たよ。ちょっと鴨居さーん」

「いい？　言ったらだめよ」

「いいじゃない。聞こうよ。鴨居さーん！」

「あ、福島さんも来た。福島さーん！」

地域社会が健在ですと、鳥も寄って参ります。爺さんも似たようなものなんでございますが、婆さんと違って、爺さんは喋らない。黙ってやって来て、黙って立っている。一人が立っておりますと、別の爺さんがやって来て、ちょいと離れたところに立っている。「なんかある」と思うのか、そうでないのかは分かりませんが、その内、爺さんばっかりが道の端に立ってる。なにを考えてるのか分からないが、爺さんだけが黙って立っているから恐ろしい。

「ゾンビかと見ればジジィの夏の雲」という句もございますが、ジーさんは、黙ってやって来て黙って立っている。デンマークのお城も同じでございまして、百八歳のポローニアスが台車に乗ってやって来る。ポローニアスは「レヤティーズがおると聞いて」と申しますが、レヤティーズはまだやって来ない代わりに、ヴォルティマンドとコーニリアスがやって来て、ハムレットのご隠居もなんだかよく分からない幻を連れてやって来る。ノルウェーからフォーティンブラスは来ないが、ポーランドからはスラブの難民がやって来る。「韃靼人《だったんじん》は来ないんだわよね」とお妃が思っているところへ、ローゼンクランツとギルデンスターンもやって来る。お妃が「もう来ないで！」と悲鳴を上げるのは、やって来るのがジジィばかりだからですね。

いくら肉食の西洋人だといっても、筋肉が衰えているから、背中は曲がり腰は落ち、脚も十分に上がらない。膝を曲げたまま摺り足状態でそろりそろりと歩く。そういう年寄りは五ミリの段差でも蹴つまずきますから、ジーさん達はお城の床に敷いてあるカーペットにも躓《つまず》く。長い間年寄りをやっているのでそのことを学習して、躓かないようにそろりそろりと歩く。それでも年寄りなのですぐに自分が年寄りだということを忘れて蹴つまずいてしまう。西洋のお城勤めのジーさんですから、へんなマントのようなものを着ていて、うっかりするとこれに足を取られそうにもなる。これで、ジーさん達がコウモリ傘を差して出て来ると、利賀山房の鈴木メソッドみたいになってしまう。

太鼓がドーン、ドーンと鳴りまして、下座《げざ》の当たり鉦《がね》がチキチン、チキチンと鳴りますと、コウモリ傘を差したジーさん達がヨロヨロと出て来る。チキチン、チキチンで、ズーッとお城の中を歩いて行く。

年寄りの困ったところはきりがないところで、放っとくと倒れるまでやっている。チキチン、チキチン、チキチン、チキチンと、延々と続いちまう。本物は、チキチン、チキチン、チキチン、チンチンと収まるものだが、きっかけを忘れたジーさん達の行進は、チキチン、チキチン、チキチン、チキチンと無限に続く。亡者の念仏踊りみたいなもんで、鳴り物が入るとジーさん達はお妃の周りをずるずると回り続ける。回り続けて途中で絨緞《じゅうたん》に足を引っ掛けても、気がつかずに平気で歩いている。年寄りには、もう不可能というものがないんでございますな。

（二）

そのチキチンでローゼンクランツとギルデンスターンがやって来ると、やはりジジィの本能で、なんかあるなと思ったホレイショーも、扉の端から顔を覗かせます。

ホレイショーはハムレットのご隠居のご学友でございますが、ローゼンクランツとギルデンスターンもやはりご学友。なのに、この二人とホレイショーはあまり仲がよかない。

三人は小中高とハムレットのご隠居と一緒だったんでございますが、あまり出来がよくなかった二人は、ホレイショーやハムレットのご隠居が行ったデンマーク王立大学には入れなかった。それで二人は「イギリスの大学に行っちゃえばカッコがつくぜ」と言って、イギリスの三流私立大学に行ってしまった。在学中から素行が悪く、大麻ばっかりやたらと吸っていた連中なので、私学嫌いのホレイショーは、昔から「あんなバカ」と嫌っていた。

しかし、しかしでござんすが、ご隠居の方だってそれほど出来はよくない。出来はよくなくても、デンマークの王子を入学させないデンマーク王立大学などというのがあるもんかというので、ご隠居はこちらに入りましたが、大学の講義について行けないご隠居は、「ねェ、ノート見してよ」とホレイショーを頼っていた。今でこそ王様を通り越してただのご隠居ですが、その往古《かみ》はご隠居も若い王子だった。美貌だったかどうかは定かではございませんが、よっぽどのことがなければ王子様は醜男《ぶおとこ》になれない。そこなら蛙になって、お姫様のキスで王子に変わるのを待てばいい。蛙に比べりゃ大概の王子様は美貌でございますから、蛙から変われば「まァ、素敵な王子様」と言われてしまう。これを小輩《わたしども》では目くらまし効果と申しますんですが、若き王子様に慕われるホレイショーは得意で、この二人の様子をちらりと見ました出家前のオフィーリアは、「やっぱしそうなんだわ！　いけないんだわ！　いけないのよ！」と一人でこっそり興奮をしておりました。

しかしがもう少し続きますが、ご隠居の王子はただ「ねェ、ノート見してよ」だけで、ホレイショーのことはどうとも思っていない。デンマークのことを「暗い牢獄だ」と思っていたご隠居の王子は、海の向こうのイギリスに憧れて、休暇のたびに国へ戻って来るローゼンクランツとギルデンスターンに、「ねェねェ、イギリスってさ、やっぱりカッコいいの？」などと擦り寄ってしまう。

だからホレイショーはおもしろくないし、根っこのところで人生をおもしろくないと思っている大臣家のお娘《むす》のオフィーリアも、「どうして、ローゼンクランツとギルデンスターンはいつでも一緒なの？　おかしくない？　王子様だって、ローゼンクランツとギルデンスターンが帰って来ると、いつでも二人とベタベタしている。やっぱりそうよね」と思ってしまう。汎ＢＬ主義のオフィーリアが十代の時に描いた最初のＢＬマンガが『ローゼンクランツとギルデンスターンは寝た』なのであります。

このローゼンクランツとギルデンスターン、ご隠居のご学友でありますから、もう八十を過ぎている。それなのに、ジーさんが二人揃ってあちこち外国を旅している。オフィーリアならずとも「なんで？　なにやってるの？　いやらしい」と言いたくなるところではございますが、このジーさん二人は王様の命を受けた、シークレットのエージエントマンなのでございます。

イギリスやらノルウェーがデンマークの属国のような時代でございましたので、そちらが反旗を翻さないか、不穏な動きがないかと監視をする必要があったのでございますが、果してそんなお役が外国へ行ってチャラチャラしているこの二人に勤まりますのかどうか、これは謎でございます。——が、人間誰しも年を取りますと、既得権という甘い蜜の虜《とりこ》となりまして、「ホントにお前等はちゃんとやってんのかよ！」と言われましても、「君はなにを言ってるんだ！　私は王命を拝して日夜職務に勤《いそ》しんでおるのだ！」と言って動じません。本当に勤しんどるのかどうかよりも、当人が「勤しんでおる」と信じ込んでおりますので埒《らち》が明きません。まことに年寄りというものは便利でございますが、イギリスに行ったまま酒飲んでチャラチャラしておりましたジーさん二人が戻って来て、「さて、王様はどこ行った？」とキョロキョロいたしておりますのです。

この二人をシークレットのエージエントマンに任命いたしましたのは、まだ頭のしっかりしていた国王時代のハムレットのご隠居でございますから、お妃に頭を下げはいたしましたが、「下げればもう用はない」とばかりに二人はご隠居の姿を探します。

ご隠居は、得体の知れない幻のようなものが自分にくっついて回っているという、老人特有の不安心理で、広い部屋の壁際をジリジリと後ろ向きで巡回しております。古女房というものは、いつの時代も親しさを通り越して邪険なものでございますから、人にかまってもらえなくなると「消えぬのか！　影法師め！」と始める旦那の姿を横目で見ると、「だったらこんなところに来なきゃいいじゃないのよ。本当に面倒なんだから」と舌打ちをいたします。そこへ、ローゼンクランツとギルデンスターンがご隠居を見つけて「陛下!」と駆け寄りますものでございますから、「もう陛下じゃないんだからさ、本当に年寄りはやだよ」とぼやきます。

少しばかりは父親思いのクローディアスは、このガートルード王妃の憎まれ口を聞きまして、「自分だって年寄りじゃねェか」とは思うのですが、そんなことを言ってお妃が耳にしたら、「どうして私が年寄りなのよ! 私は惚けてなんかいないわよ! お父さんが惚けちゃったもんだから、私は年取ってる暇なんかないのよ!」というところから始まる愚痴を延々と聞かされることになります。

「私だって好きな人がいたのよ。幼馴染《おさななじ》みのフェルゼンは、気高く美しく穏やかな、色白で睫《まつげ》が長くて、まばたきをすると薔薇《ばら》の香りが辺りに漂うの。でも、私は王家の娘。あの愛しい人とは口づけをしただけで、デンマークへ嫁入りをさせられたのよ。誰が〝デンマークは牢獄だ〟って言うのよ。牢獄は、こんな人のところへ嫁入りさせられた私の方よ。私の愛するフェルゼンは、私を慕ってノルウェーからスウェーデンへ移ったのよ。海峡の向こうにいる私を思って、毎日毎晩灯火《ともしび》を焚き続けたのよ！　フェルゼン家は、いつの世にもよその国の妃と恋に陥る家系なのよ！」と始めます。

「母上、それはいつのことですよ」と息子のクローディアスが尋ねますと、詳しい計算をしたくない王妃は、「私の若い頃よ」ととぼけます。

「若い頃っていつですよ。私は四十を過ぎて五十に近づいてんですよ。母上の結婚前って、もう五十年以上前のことですよ。その間、母上の初恋の人は海峡の向こうでずーっと火を燃やしてたんですか？　それだけで、海渡ってこっちに来なかったんですか？　母上が見てたのは、初恋の人じゃなくて、スウェーデンの灯台だったんじゃないんですか！」とクローディアスが反撃をいたしましたこともございましたが、そうなるとお妃は、「なんだってお前はそんなに夢のないことを言うの！　人の美しい思い出に土をかけるようなことをしてお前は嬉しいと思うのかい！　私はお前をそんな子に育てた覚えはないよ！」と、養育は乳母に任せていたのに「親不孝！」とお罵《しか》りになりまして、最後は「だから四十を過ぎてもお前には嫁の来手《きて》がないいんだ！」という止《とど》めを刺されます。

人格攻撃には人格攻撃をでございまして、そうして止めを刺されたお妃は、飽きることなく、美しい青春の想い出にお浸りになるのでございます。

持つとしんどいものは理性と聞く耳でございますが、天の恵みと申しますものは、老いるとこれがなくなってしまう。耳が遠くなりますと、聞く耳もあまり意味を持たない。人の言うことが耳に入りにくくなるので、理性というものがなくなって、自由になってしまう。複雑な機能を持った家電製品は、その複雑な機能の方から役に立たなくなって、冷蔵庫は冷やすだけになり、洗濯機は回るだけ、テレビは映るだけになるというのも、すべて人の仕組から出た道理なのでございますな。

聞く耳は持たず理性はないということになりますと、自由で楽な人生が待っているということにもなりましょうけれど、これで困っちまうのが、遠くなった耳でも悪口だけはすぐに入る。息子のクローディアスがうっかりと口を滑らしますと、その滑った悪口ばかりがお妃の耳に入る。「楽だ、楽だ」と思いましてもそうそう楽なことばかりはないことを、当人は本能で承知しておるんでございましょうね。「どうせ耳は遠いんだ」と思ってうっかりしたことを申しますと、「なんだって？」と、敵の悪口警戒レーダーに引っ掛かってしまいます。それで、哀れなクローディアスは母親の前で為《な》す術《すべ》がないのでございます。

「嫁の来手がない」と言われたクローディアスでございますが、デンマークの王子様でございます。嫁の来手がないわけではない。けれどもこれをお妃様は、「器量が悪い」「性格が悪い」「育ちが悪い」の物差し三つを使って、片っ端から撥《は》ねのけてしまう。「美人じゃないか」と王子のクローディアスが思いましても、「性格が悪い！」と言う。「どうして分かるんだ？」と思っても、「私には分かるのよ！」でいともあっさり一蹴されてしまう。「もうこうなったら父上に――」と思いましても、国王にあらしゃりました時分から、ご隠居は一人でボーッとして深遠なことをお考えでしたので、なんの役にも立たない。「デンマークは牢獄だ！」と言いたいのは、お妃でもご隠居でもなく、この次代を多分、担われるんじゃないかと思われる、四十過ぎのクローディアス王子なのでございましょうな。

お気楽なことを申しますと、いつの時代も若者というものは絶望をするのでございますが、ここのところ、先代の三平師匠でしたら、「お客さん、笑って下はい」というところなんでございます。はい。

（三）

とにかく、クローディアスは希望を捨てません。どうしてかと申しますと、クローディアスは希望を持ったことがないからでして、持たない希望は捨てようがないのでございます。

　国内に希望がなければその目を海外に向ければよろしゅうございますが、向けるとどうなるかという見本が部屋の隅にございました。

　ご隠居の姿を見つけましたローゼンクランツとギルデンスターンは、「陛下！」と声を上げると年甲斐もなく、ご隠居のいる部屋の隅へ向かってよたよたと走りまして、絨緞の端で素っ転びました。ご隠居は驚きましたが、素っ転んで「あたた」と言って手を突いて立ち上がろうとする二人が、王の前で平伏する姿のように見えまして、「おお、そうか。余は王であったか」というスイッチが入ります。

「陛下、ローゼンクランツでございます」

転んだ拍子に入歯がずれたか、もう一人は「ギルデンシュターンでごじゃります」と、口をもごもごさせております。

「はて、夫《そ》は何者?」と思いますのがご隠居であります。「なにやら聞いた覚えがあるが、何者であろうか?」と思考を停止させておりますと、深い底から記憶の出前エレベーターがガタゴトと上がってまいります。

「おい、おい、大丈夫かい?」と言いたいくらい、ゆっくりのんびりガタゴトなのでございますが、その内に上がってまいりますから、しばらくお待ち下さい。

さて、記憶の出前エレベーターが二階まで炒飯をゴトゴトと運んでまいります間、ご隠居はただボーッとしておりますが、同じようにボーッとしておりますギルデンスターンとローゼンクランツは、ご隠居がボーッとしておいでのことにも気がつきませず、

「只今イギリスから戻りましてございます」と帰朝報告をいたします。

外国に憧れておいでのでしたご隠居は、「イギリス」と聞いて、なにか暗闇に光が差すような思いがした。たとえて言えば、炒飯の出前を注文したら、「今日は餃子がセットで付いてますよ」と言われたようなもので、「おお、青春の日よ。イギリスよ。ギルデンスターンにローゼンクランツよ」というところまで思い出しましたが、目の前にはジーさんしかいない。「はて、これは誰だ？」と思ったところに、記憶の出前エレベーターが炒飯と餃子を運んで来た。

それはいいが、あまりゆっくりと上がって来たもんで、炒飯も餃子も冷めている。というところでやっと、「そうか、ギルデンスターンとローゼンクランツは、年を取りおったな」と理解をいたしましたんですな。この前二人が帰って来たのは二年前なのに、その記憶が欠落しているから、「二十年も会っちゃいない」と思し召しではございますが、青春の日よってェのは、もう六十年以上前の人一人を還暦にしちまうくらいの昔でございます。

「両名の者、久しいのう。しばらく見ぬ間に大分老いたと見ゆるが、イギリスはどうじゃ？　ロンドンは変わらぬか」と、ご隠居は鷹揚《おうよう》に仰せられますが、それを横目に見たお妃は、「ふんとにもう、自分はもう王様じゃないのに、陛下なんて言われると、すぐにその気になっちゃうんだから」と、一人でおぼやきになります。クローディアス王子もこれを小耳に挟みまして、「成程《なるほど》、そんなものか」とお思いになるのですが、これが後の惨劇の因《もと》とは誰にも知れずにおったのでございます。もちろん、私だって知りはしないのでございますが。

ご隠居は、結婚前に一度だけロンドンへ行ったことがございます。当時はハニィムーンなどという習慣もございませんし、王様になってしまえば国の外へ出るのは戦争の指揮を執る時ばかり。王様というものは、退屈になると「どっかで戦争起きねェかなァ。そうすりゃ外国へ行けんのになァ」と思っている危険な時代でございますので、ローゼンクランツとギルデンスターンに案内されて過ごしたロンドンの休日は、心に残るものだったのでございます。

これに応えて、ローゼンクランツかギルデンスターンのどちらかは分かりませぬが、「いかにも陛下」と申しました。入歯がフゴフゴしないので、ローゼンクランツの方かもしれません。

「ロンドンは、よろしゅうごぜますなァ。なにしろ都会でごぜェますもんですから、はァ。女の方は、パリィの方がなんぼかまし

でごぜェますが、タイムズスクエアなんどときたひにゃ行き交う人が犇《ひし》めきまして、まんずはァ、目の正月。芝居小屋《しべえ》のごぜます
ブロオドウェエじゃ、芝居の見放題に、パブじゃァ酒の飲み放題でごぜェますだ」

イギリス暮らしの長い二人でございますので、話す内イギリス訛りが強くなりますのは仕方のないことでございますが、しかし老いの勘違いは困ったもので、イギリスの話をアメリカの話と取り違えております。

タイムズスクエアは、アメリカのニューヨーク。ロンドンならピッカデリィサーカス。ブロオドウェエも、ロンドンならウエストエンドと申しますところですが、イギリス帰りの二人にはどうでもよいようなことらしく、「それはさておき」で、「陛下、ロンドンの小屋も、変わりましてごぜェますよ」と申します。

「芝居《しべえ》の入りが悪いんでごぜェましてな、並の芝居《しべえ》じゃだめだがねというこんで、まともな芝居《しべえ》がごぜェませんです。まず、役者がだめでごぜェます」

「役者なんぞじゃございましねェで、ガキでごぜェます。毛も生え揃わねェようなガキが、まんず、腰を振りまして、飛びますわ、跳ねますわ、キィキィ声で歌うんにゃら叫ぶんにゃら。それをまんず、若《わけ》ェ娘だけならともかく、いい年をこきました年増女までがキャーキャーと叫びまして、阿鼻叫喚地獄もそのまんまでごぜますわ」

「まともな男が出てめェりやすと、いャー！　キャー！　のこれまた別の阿鼻叫喚でごぜェまして、オオルドヴィック座などは、〝オオルドなんていやァ！〟と言われて閑古鳥が鳴いておりやす」

「なに、オオルドヴィックとな」

なにやらを思い出しましたご隠居は、なにを思い出したのかは分かりませんで、そのまま石になりましたが、ままあることでございますので、誰も驚きはいたしません。

「こんなもんが芝居《しべえ》かいよと、批評家連中は申しますが、子供を抱えます大手プロダクションの力は蕃族《ばんぞく》の攻撃にも等しゅうございましてな、下手なことを申しますと命を狙われるんでございます」

「昔ながらの芝居《しべえ》をやり申しますと、これがはァ、古い、暗い、ウザイと言われやんして、すぐに公演中止で話になりゃしまいやせんで、イギリスはもう滅亡でごぜェますだ」

ご隠居は、ここでまた「うむ」と仰されたのでごぜェますが
――いや、ございますが、それでなにを仰せかと申しますと、

「疲れた」でございます。

壁際に立ちっ放しでしたハムレットのご隠居は、やっと自分がお疲れだということに気づかれまして、その場にへなへなっとお座りになりました。年寄りは気がつくのが遅いから大変でございますが、倒れたのも年寄りなら、それに気がつくのも年寄りで、「あ、ご隠居が――」ということが時間をかけてゆっくりと浸透してまいりまして、それからじんわりと、「さて、どうしたらよかろうぞ」という思案が浮かんでまいります。

一番のお年若はクローディアス王子でございますので、気がついた王子は「誰か、父上に椅子を！」と申されますが、そこに椅子はお妃の掛けておいでのものしかございません。お妃は、「私の椅子なんか渡さないわよ」とばかりに王子を睨《にら》みますもので、王子はもう一度、「誰か、父上に椅子を！」と声をお上げになるのですが、年寄りというものは、急なことに反応出来ません。

「えー」「あー」の判断停止の中で真っ先に反応を示しました者は、百八歳の老大臣ポローニアスで、手押しの台車に乗りましたポローニアスは、「何事ぞ？　緊急事態の到来ぞ！　ノルウェーが攻めて来るか、韃靼人が攻めて来おるか?!」と無言のまま大騒ぎをいたしまして、手にした長い楫棒《かじぼう》で床をカンカン叩きます。

「ああ、なんだか分かんないがうるさい」と思いますクローディアスは、「王家の椅子は重い。年寄りに運ばせるのは無理だ。でも、王子の僕は椅子運びなんかしたくない」と考えまして、「バーナード！」と人を呼びました。困った時のバーナードでございます。

「バーナード！」

「へい、バーナードでございますよ。脇役の名もない見回り役のバーナードをお呼びになりまして、ありがとうございます。なんのご用で？」

「なんでもいい、父上が腰掛けるものを早く」

「あれ、あんなところにへたり込んでおいでですと、やはりブルーシートを持て参じましょうか？」

「バカ、腰掛けるものだ」

「へいへい、相分かりましてございます。暫《しば》しのご宥免《ゆうめん》を」

と申しまして去るところは、名もない下っ端ではございましても、さすが王家に仕える下っ端でございます。

「お待たせいたしました」と、バーナードが持って参りましたのは、木の箱でございます。

「なんだそれは？」

「こないだ内、家内の実家のドイツから蜜《み》柑《かん》を送って参りまして、その箱が空きましたものですから」

「デンマークの先王ともあろうお方が、蜜柑箱に腰を下ろされるか、バカ者！」とクローディアス王子はお怒りですが、物の道理を知らぬ下々のバーナードはいたって気安く、「物は試しでございやすよ」と、ご隠居の許に蜜柑箱を運んで参ります。

「ご隠居様、バーナードでござりやす。お仕えの使用人にはマーセラスやフランシスコもおります中、このバーナードばかりをご贔屓《ひいき》いただきましてかたじけのうございますですよ。椅子を持て参じました」

「おお、そうか」とばかり、ご隠居はバーナードの手を借りまして、「よっこらしょ」と蜜柑箱に御座《ござ》ましますと、辺りからは「おゝ」と感嘆の声が上がります。

これを見てクローディアスは頭を抱えます。

「国の先王が蜜柑箱に御座なさるとは、いかなる寓意か！　ロバが教皇となり、キッネが司教となる世の中に、先王が蜜柑箱とは！」

しかし、ドメスティックなお妃は一向に歯牙《しが》にもかけません。

「またお前はわけの分からないことを言って。わけの分からない本の読み過ぎなんだよ。お前のお父っつぁんはね、昔から細かいことにはルーズで、面倒臭いことが嫌いだから、蜜柑箱だろうとなんだろうと、座れりゃそれでいいんだよ。わけの分かんないことばかり言ってると、頭の中だけが面倒臭くなって、お前もお父っつぁんみたいになっちまうよ！」

「あ、あ、やです。それだけは勘弁だ。天が割れて蠍《さそり》が雨のように降り注ごうとも、それだけはいやだ」

嘆きのクローディアスを見てささっと近づきますのは、尼さん姿のオフィーリアでございます。

「落ち着かれまして、お坊っちゃま。宗教が人の心を救いますのよ。黙示録《もくじろく》の世界が来ましても、私が付いております。さァ、私の手をお取り遊ばしませ」

と、すっと手を伸ばしますと、お妃はすかさず、「ウチの息子に手を出すんじゃないよ！　この泥棒猫が！」

「まァ、まァ、まァまァ、やはり噂は本当だったのでございますね。お妃様はお坊っちゃまが愛しくて愛しくて、ハムレット様を亡き者にしようとお企みだと、下々の者は申しますよ」

「誰も申してなんかいないわよ！　ウチの人が惚けて、埒のないことを言い触らしているだけなんだから！　ああいやだ！　どうして年寄りはなんでも大声で言うのかしらね！」

耳が遠いからでございますが、誰も彼もが大声で、石壁に声がワンワン響きます中に、また誰やらがやって来て大声で申します。

「ローゼンクランツ様、ギルデンスターン様、役者だと申します者達がロンドンから参ってお目通りを願っておりますが」

「おおッ、そうか。陛下、陛下、役者がロンドンから参りました。陛下もご存じであられましょう、彼《か》の『ゴンザーゴ殺し』や『羊飼いの娘ゴルフォ』で名優と謳《うた》われました、三代目の市川ジョン之助でごぜェます。陛下のご機嫌伺いに、遠路遥々《はるばる》やって来たのでごぜェます」

ローゼンクランツが申しますと、ご隠居は「知らん」とたった一言。この様子を見ておりましたもう一人のご学友ホレイショーは、「ふふっ」と笑いました。

「今までのところを察しますと、ロンドンで仕事にあぶれた役者が、仕事を探してドサ廻りに来たんでござんしょうな。こりゃ聞き処じゃ、ローゼンクランツ！お前《まい》さん、いくらか役者からもらったな！」

曲がった腰を伸ばし、名探偵コナンのように腕をこう伸ばしまして、「犯人はお前だ！」でございます。

図星《ずぼし》を衝かれたローゼンクランツとギルデンスターン、うろたえたまま腰をひねりまして、「痛た、痛た、筋違えた、按摩《あんま》呼んでくれ」と声を上げますが、やって来ましたのは按摩ではなく、ロンドンから上って参りました役者が三十人。ドドンという出囃子の太鼓の音が聞こえました時には、「もう来ないでって言ったでしょ！」とやはりお妃は仰せられたのでございます。

（四）

ドドンの後は当たり鉦でございます。三十人の役者がチキチン、チキチンの音に乗って登場いたしますが、このあら方がジーさんでございます。

ローゼンクランツが「陛下もご存じの」と申しました座頭《ざがしら》の市川ジョン之助は、まだ八十にはなりませぬが、最早八十近いヨボヨボでございます。十三の年に市川ジャックの名で舞台に上がりまして、当然の女方ではございますが、声変わりをいたしまして十八の年に立役に変わり、三十の年に三代目市川ジョン之助を襲名いたしましたが、ハムレットのご隠居がご覧になったのは、まだ前名の女方時代でございますから、それがいきなりジジィの名優になって現れましても分かりゃァいたしません。

女優というものがまだおりません時代ですから、若い市川ジャックはその美貌で人気を集めましたが、声変わりをすればおしまいで、女方の寿命は短《みじこ》うございます。ですから、まともな芝居が男だらけのジーさん歌舞伎になってしまいますのもいたし方のないところで、舞台の上で若ぶったジーさんが自らの運命を呪っていたりしましても、当節のロンドン娘は喜びもいたしません。それで、さすらいの旅芸人となりまして、スコットランドやらフィンランド、ノルウェーの方を回りまして、このデンマークの地へ参りましたのでございます。もちろん、ローゼンクランツとギルデンスターンに袖の下を握らせて、「旦那、よしなに」と申しましたことは言うまでもないのでございます。

老いたりとはいえ、役者でございます。背は曲がり、指先は白粉《おしろい》中毒でぶるぶると震えましても、チキチンの出囃子に合わせまして、部屋の内を一巡いたしますと、蜜柑箱に御座ありますご隠居の前にのたのたと平伏《ひれふ》すのでございます。

「陛下、三代目市川ジョン之助でございます」

「おお、そうか。役者じゃの？」

「はい、其《それがし》は三代目市川ジョン之助にござります。お見知りおかれまして、一座の者輩《ども》ご贔屓に与りますよう、よろしゅうお願い申し上げましてございます」

「陛下、以前にジョン之助をご覧になりました時は、愛《う》い奴じゃと、お言葉をお授けでごぜェますよ」と、ギルデンスターンは申しますが、いくら頭に霞《かすみ》がかかっているからといって、ご隠居にはジーさんを愛でる趣味がございません。「ううむ」と仰せられて、「その者はなんじゃ？」とお尋ねになります。

そもそもご隠居は、そこにいる人間達すべてが「何者」かはご承知であられないのではございますが、この際そんなことはどうでもよろしゅうございます。

お尋ねに答えて、今度はローゼンクランツが「役者でごぜェます」と申します。
「おおそうか。役者か、役者なら、なんぞここでやってみィ」と
ご隠居は仰されます。
「やるんですか？」
「ご所望であるぜよ」
「なにをいたしましょ？」
「なんでもエエわい。適当なところを見つくろってな。お任せで
エエわい。役者じゃろが」
　ギルデンスターンに言われまして、「それならば――」と立ち
上がりました市川ジョン之助、老いの背筋をぐいっと伸ばし、と
申し上げたいところですが伸びません。曲がった背骨の上に載る
頤《おとがい》を突き出しまして震える足をしっかと踏みしめ、こればっか
りは化け物のように艶《つや》のある大声を朗々と響かせまして、名台詞

を聞かせます。

「ご所望にまかせ、まずは『ゴンザーゴ殺し』より、城壁の段！『おゝ！　あります。ありません。これはなんですか？　地獄？　エエイ、バカな！　答えよ我が心！　我が体、にわかに老い朽ちることなかれ！　我を妨げるよしなし事は、消えろ！　消えてしまえ！　復讐は天に誓った。浅ましき淫婦め！　大悪党め！　この地に非道は行わせぬと我が子に誓った！　我が父にも！　我が心にも！　この剣に今こそ固く誓うのじゃ！』」

常人にはなにやら分からぬ名文句でございますが、蜜柑箱の上にございますご隠居は、「おお！」とばかりに身を乗り出し、ついには手を握り、涙を流し、立ち上がって身悶えをなさるほどの気の入れよう。「おおお！」ばかりでなにがなにやら分かりませんが、いたってご感銘は深くあらせられますようでございます。

「母上、母上」

「なんですよ、へんなスイッチが入っちゃいましたよ」

「父上に、へんなスイッチが入っちゃいましたよ」

「なに言ってんの今更。もうずっと以前からあの人にはへんなスイッチしか入ってないじゃないの。スイッチ入れたらパンを焼き始めるテレビみたいなもんよ」

「だから、そうじゃないんですよ。あの、ほら――、ああ、これ、これホレイショー、ちょっとこっちへ来てくれよ」

「へいへい、お呼びでござんすか?」

「父上が〝私と母上が組んで父上の命を狙ってる〟と言ったっちゅうのは、お前だろ?」

「私《わたくし》と申しますれば私奴《め》でございましょうが、私はそうもはっきりとは申しておりませんですよ」

「じゃ、なんて言った？」

「さいでございやすねェ、まずご隠居は〝毎晩城壁に幽霊が出る〟とおっしゃいましたね。それで、〝行くぞ、行こうぞ、丑三《うしみ》つ刻《どき》の城壁へ！〟と仰せられましたですねェ」

「父上は、誰の幽霊が出るとおっしゃったんだ？　兄上か？　私に殺された兄上が幽霊になって出て、父上に復讐をお願いしたというのではないのか？」

「王子様、兄上をお殺しになったんですか？」

「違う！　違う！　父上は勝手にそうなんだって思い込んでるんじゃないかって、私は言ってるんだ。兄上が死んだのは私が小学生の頃で、兄上の死因は中耳炎だ！」

「恐ろしゅうございますねェ。ホントでございますか？」

「なにがホントで、なにが恐ろしいんだよ？　お前が余分なこと言うから分かんなくなっちまったじゃないか」

「真実《まこと》、きれいはきたない、きたないはきれいでございますなァ」

「ああ、そうかよ。城壁に出て来る幽霊ってのは、私の兄上の幽霊なんだろう？」

「左様、そうとも申せますが、そうではないとも申せます」

「ああ、もう！　この国には普通に話の出来る人間がいないのか！」

「おると思いますよ。おるとは存じますが、殿下、この城内にいますものは、政治家か官僚がほとんどでございます。誰も彼も言質《げんち》を取られぬように慎重に言葉を選びますものですから、お若い王子様にはまどろっこしく、耳障りとも思し召されるのでございやしょうよ」

「若いったってあなた、この子はもう四十過ぎてんだから、若くなんかないのよ。それなのにいい加減辛抱が足りなくて、ホントにいやになっちゃうわ。困っちゃうな♫よ」

「どうして私がなにか話をすると、必ず〝お前が悪い〟という方向に行ってしまうんだ！　天を呪い、地を呪い、復讐を誓いたいのは、この私だ！　おお！　波濤《はとう》寄せ来る絶海の孤島に等しき、このキンキンに冷えていやがるデンマークという牢獄の中で、ひたすらに愛を求めてさすらう此の身に、安らぐことはありえないのか！」

「ないのかもしれませんなァ」

「本当に、この子はこういうところだけ父親似なのね。なんでもオーバーで、あることないこと。ああいやだ！　こないだだって私の寝室にやって来て言うのよ――〝ここが淫婦の巣窟《そうくつ》か！　女らしい羞恥心を踏みにじり、しおらしい女を偽善者呼ばわりし、清純な乙女の体から甘やかな薔薇の香りを奪い、カサカサの肌から蟇《ひきがえる》のような悪臭を放ち、夫婦の誓いも神に誓った言葉もそらぞらしい道化芝居の台詞に変える浅ましい女よ！〟だってさ、失礼しちゃうと思わない？」

「よくもまァ、束の間にそれだけの長台詞をお覚えになりましたな。で、王子はそんなことを母上におっしゃったんで？」

「僕じゃないよ！　父上だよ。よく考えてみりゃ幾分の真実かはあろうけれど、所詮は乾いてしまった夫婦間の口喧嘩だ」

「なに言ってんのよ！　結婚もしてないお前になにが分かるのよ！」

「私の結婚相手にケチをつけて破談に持ち込むのは誰なんです

か！」

「お前のためを思ってよ！」

「ああ！　女らしい羞恥心などは、三万光年の彼方に飛んで行ってしまった！　そうなのだ、女らしい羞恥心というのは、三万光年の彼方くらいに飛んで行ったんだ！」

「女らしい羞恥心なんて、男社会の決めつけなのよ！　そんなこと言ってると、この国は長くなんか持ちませんからね！」

「聞いてくれホレイショー、どうしてこれで、私が母上なんかと組めると思うんだ？」

「左様でございますなァ。まァ、それはそれでございまして、先程のお尋ねの答でございやすが――」

「おお、そうだ。で、何を尋ねたんだっけ？」

「ほらご覧。お前だってお父っつぁんの血で、もう惚けが来ちまってるんだよ」

「はいはい、お尋ねの筋でございますが、毎晩城壁に姿を現す幽霊は何者か、でございやすね」

「そうだ、そうだ。死んだ兄上の幽霊が出るんだろう？」

「確かに。お若くてお隠れになりましたハムレット王子の幽霊もお出になるとはおっしゃいますが」

「ますが？」

「なにせ、夜毎でございますので、幽霊の方も日替わりで、手を替え品を替え出て参ります。お隠れの先王も、そのまた更に先王も幽霊になって出ておいでで、こないだ内はご自身の幽霊も出ましたそうで」

「自分の幽霊が出るのかよ!!」

「さいな。こないだ内はこう仰されましたな――〃おお、今宵は儂の幽霊が城壁を歩き回っておる〟と」

「やァね、自分でそんなこと言うの？」

「ああ、恐ろしい。もう現代文学じゃないか！」

「なんであれでございやすね、出て来る幽霊はみんな男でございやすね。大体〝妃に殺された〟ってことになってまして、でござんすから、お妃系の幽霊は出てまいりません。まァ、王子様の幽霊もそう出てはまいりませんで、王子様のお役はお妃と結託してご隠居を殺すというところなんであんすが、この王子が誰かということになるとはっきりいたしませんのでございやす。なにしろご隠居は、時々ご自分のことを〝デンマークの王子〟とお思いになったりもいたしまして、そうなりますとなんだか辻褄《つじつま》が合わなくなりますので、これもまァ日替わりであれこれと筋立てが変わりますが」

「こないだ城壁に上がった時は、なんの幽霊が出たんだ？」

「幽霊は出やしませんで、カンテラ提げたバーナードが出ました」

「そんだけ？」

「はいィ。でございますが、実体験は妄想に如《し》かずでございやすな。あの夜は寒うございやして、おまけに石段は長《なご》うございやすからね。だいたい、西洋の城ってのは段差が多くて年寄りには不向きなんでござんすがねェ。私だってもう、あんな所に行きたかない。マーセラスとフランシスコに担がれても、ご隠居は〝もうやだ〟と仰せで、行ってみなきゃ分かんないもんで、吹きっさらしの城壁は寒い。ご自分で〝行く！　連れてけ！〟とおっしゃっといて、〝もう二度と行かん〟で、幽霊のこともなんともおっしゃらなくなりましてでがんすね」

「まァね、あの人がそもそももう幽霊に近いもんね」

「って母上、それで安心してられませんよ。やっと幽霊がどうのこうの言わなくなった父上に、今へんなスイッチが入っちゃったんですよ！」

「どんなスイッチよ？　パン焼くの？」

「焼きません。今の父上の様子を、母上はご覧じゃなかったんですか？」

「見てるわけないでしょ。私、あの人に興味なんかないもの。私は独り、胸の中の灯火を絶やさぬようにするだけなの。ああ、フェルゼン様――」

「ホレイショー、フェルゼンの幽霊は出ないのかね？」

「今のところ、出ませんでございますなァ」

「ふふん」

「ふふんって、母上、それは不倫ですよ」

「またお前はつまんないことを言う。ホントに、つまんないところはお父っつぁんそっくりなんだから。いいかい、女は誰だって不倫しますよ。したかしないかは結果論でね、女は誰だって、美しい不倫の火を胸の内に掲げ持つんだ。そうじゃなきゃ、結婚なんかしてられないんだからね。結婚した女は、みんな不倫の火を点《つ》けます。それが出来ないのは、結婚出来ない女だけよ！」

そう言ってお妃は、厚い革表紙のＢＬマンガを抱えているオフィーリアの方を嘲るように見据《す》えますが、恐ろしいのは女でございます。その瞬間、ご隠居の横に立っておりましたオフィーリアが、「なによ」とばかりにお妃の方を睨みました。口には出さずとも、女というものは簡単に敵の気配を察知してしまうのでございますな。

（五）

お妃がからむとどうも話がややこしくなるとご承知になりましたクローディアス王子は、オフィーリアの方をきっと睨んでおりますお妃のそばをついと離れまして、「ホレイショー、ホレイショー」と手招きをいたします。

「ホレイショー、父上にへんなスイッチが入っちゃったよ。厄介な台詞《せりふ》に興奮して、あのまんまじゃ復讐の太刀を取って刃傷沙汰になっちまうよ。一体、『ゴンザーゴ殺し』ってのは、どんな芝居なんだ？」

「これはでございますな、血腥《ちなまぐさ》い話でございまして、イギリス人と申しますものはおしなべて、その性劣悪《れつあく》、残虐にして血を好みます、暗鬱《あんうつ》なる民でございまして」

「お願いだから、イギリス大使館から抗議が来るようなことは言わないでくれ」

「はい。でございますから、『ゴンザーゴ殺し』もやはり血みどろ血まみれどろどろの陰惨芝居でございます」

「どうしてこの国の人間は、私の言うことをまともに聞いてはくれないのだ！　ザットイズザクエスチョンなのだ！」

「よろしゅうございやすか？」

「ああいいよ」

「ゴンザーゴと申しますのは大工でございまして、通称〝大工の権造《ごんぞう》〟と申すのでございますが、真面目一方の堅物でございますんでやんすが、この女房のお兼《かね》という女が好き者の悪い女で、亭主に隠れて間男をいたします。相手は亭主の弟子のルシアーナス、通称留吉《とめきち》でございまして、当然、留吉はよい男なんでございます。いい男なんだが、大工の腕は落ちる。ますますよくある話でございやすが、この留吉はお兼に惚れられたのをいいことにして、権造を殺してしまおうとするのでございますよ、お立ち会い」

「なんだい、随分《ずいぶん》芝居がかってきたじゃないか」

「そりゃそうですよ、坊っちゃん、芝居の話ですからね、こちらもその気になっちまいます。ある晴れた午後、権造は仕事先の庭で昼寝をしておりました。朝の仕事も一段落して昼の弁当を使いやしたが、どうも眠くてしょうがない。それも道理と申しやすのは、恋に狂った年増のお兼が、権造の弁当に眠り薬を仕込んだのでございます」

「恐ろしい――。そうか、父上はその話を知って、バーナードの持って行った雑炊《ぞうすい》に毒が入っているなどと仰せたのか」

「さァ、どうですかね。今のご隠居は思いつきで生きてるみたいなもんですからね。確かな根拠があるかどうかは知れやせんが、権造は、眠り薬の弁当を食って眠っちまった。権造を殺せば棟梁《とうりょう》の座が手に入る。権造の女房はそのための手立てだとしか思わない留吉は、植木職人に形《なり》を変えまして、権造のいる庭に忍び込みまして、眠る権造の耳の穴に千枚通しを突っ込みまして、植木鋏《ばさみ》で権造の首をちょん切って、犯行を隠蔽するために火を点けた。その場所はヴィンザー城の普請場《ふしんば》で、まだ文明の進まないイギリスの城は木造だったもんですから、折からの火に煽られ、ゴーゴーと燃え熾《さか》る。親方を殺した留吉は、その火の色に頭がおかしくなって、手にした鋏や鑿《のみ》、金槌《かなづち》、鋸《のこぎり》まで振り回しまして、向かう側《そば》からめった斬りのめった殺し。これぞ世に言う〝ヴィンザー城百人斬り〟の由来でございます」

「だとするとホレイショー、そんな芝居を見せられて興奮した父上は、どうなるんだ？」

「左様でございますな。まずこのお城は丸焼け、城壁の上から下まで、人死にの跡で足の踏み場もないかもしれやせんですな」

「そうなるか？」

「ご隠居の体力次第ではござんしょうが、火事場のバカ力という言葉もございますから、分かりませんですなァ。まァ、そうならなくとも、お妃と坊っちゃんのお命はないと――」

「やだよ。おっ母さんはともかく、私はそんなとばっちりを食いたかないもん。なんかいい策はないのかい？」

「左様でございますなァ。一番いいのは、そんな芝居をさせないことでございますが、あの女方上がりの市川ジョン之助は『ゴンザーゴ殺し』の留吉を当たり役にしておりますからなァ、〝やれ〟

と言われりゃやりましょう。やりたくてウズウズしとるに違いないのでござんしょうね。すべては、あのローゼンクランツとギルデンスターンがイギリスからへんなものを連れて来たのが誤りで、そのそもそもは、あんな出来のよくない者をイギリスにスパイで送り込んだのが間違いなのでございやすよ」

「なに？　あの二人はスパイなの？」

「はい。国費を無駄使いする他なにもしないスパイでございますが、イギリス情報を仕入れるためにあいつらをイギリスに送り込んだのは、ご隠居でございますからねェ」

「父上がそんなことしたの？」

「なさいやしたよ。今じゃお忘れですがね」

「人の一生とは、なんと儚《はかな》いものか！　若い時にアホをやり、年を取りゃそれを忘れちまう！」

「はいはい」

「尻拭《しりぬぐ》いするのはこっちなんだぜ」

「いかにも左様」

「どうすんだよ？」

「こうしたらいかがでござんしょ？　その、ジョン之助に言いつけまして、『ゴンザーゴ殺し』をハッピィエンドの芝居に変えてしまうのでござんすよ」

「そんなことが出来るのか？」

「出来ましょうがな」

「どうやって？」

「留吉を善人に変えるんでございやすよ。不貞腐《ふてくさ》れて眠り込んでいる権造の耳に、留吉が天使に化けてやって来て、〃棟梁、おかみさんは悪い人じゃござんせんぜ。おかみさんは棟梁に惚れていなさるんだから〟と言わせるんでございますよ」

「出来るのか？」

「やらせましょうやね。そして最後はみんなで海岸に行って、輪になってめでたしめでたしの踊りをするようにすればよろしいんでございますよ」

「出来るのかよ？」

「殿下、持つべきものは権力でございますよ。いたさせましょうぞ」と、ホレイショーは申しまして、またの話は後日というところでございます。

第三夜

（一）

昔にはいろいろと便利な言葉がございまして、たとえばが「以下同文」でございますね。長々と読み上げるのが面倒になったら、「以下同文」で端折《はしょ》ってしまえる。

「片山錦吾楼《きんごろう》殿。貴殿は平成十六年九月二十八日、本町四丁目七番通称申股《さるまた》通りで、四歳の幼女が転んだ拍子に持っていた飴を手放し泣き喚《わめ》くのを見かねた老女が拾ってやろうとして腰を屈めた瞬間、車道を走行するオートバイの動きに巻き込まれ車道に転落するところを咄嗟《とっさ》の機転で歩道側に突き飛ばし、老女の危機を救ったことをここに賞し、感謝状を贈ります。平成十八年六月二日。桃屋《ももや》舗《しき》警察署署長、高岡銀之助。吉川梅太郎殿、以下同文。七色吉太郎殿、以下同文。猿渡玄之助殿、以下同文」

という具合ですが、平成十六年の九月に本町四丁目の申股通りでなにがあったのか？　転んだ婆さんを突き飛ばすのに、なんだって男が四人も出て来なくちゃならないのか？　その感謝状を出すのに、どうして一年九ヵ月近い時間がかかるのか？　そういう様々な謎がございましても、「以下同文」と言われてしまうと、そこにはなにもない、疑問も謎もややこしい事情もないということになってしまいます。「婆さんは体重百四十キロの現役女子プロレスラーで、それを助けようとしたのは四人の幼稚園児なのかもしれない」などということを考えます必要もなくなってしまいますので、まことに「以下同文」というのは便利な言葉でございます。

同じように便利な言葉で、「扨《さて》もその後」という言葉がございます。「さて、それから——」という意味だというのは、いずれも様ご賢察の通りでございますが、昔の人はこの言葉を話の始めに持って参りました。この、小輩《わたしども》のように高座に着きますといきなり、「扨もその後」と始めます。

「扨もその後、天地治まり風已《や》みて、除染の後には有害なる塵一つ舞い飛ばぬ世の目出度《めでた》きに」などといきなりやられますと、

「目出度いのはいいが〝その後〟になる前は一体なにがあったんだ？」という気にもなります。ですが、「扨もその後」と言ってしまいますと、「もう前のことは関係ねェ、知らねェよ」になってしまいます。いたって便利な言葉でございますが、「扨もその後」でございますから、その前になにかあったのかは、もう小輩

の存じよらぬところでございまして、扨もその後——。デンマークのお城では旅回りの一座の芝居が始まるのでございます。

チョチョン！

「東西《とおおざい》！　このところご覧に供しまするは、『ゴンザーゴ殺し——ウィンザー城天使《てんしの》曙《あけぼの》』奥庭の段。勤めまする役人替名《やくにんかえな》。大工留吉実はイケメン王子ルシアアーナス、市川ジョン之助。棟梁権《ごん》造《ぞう》実は国王ゴンザーゴ、中村アルフレッド左衛門。女房お兼《かね》実はお妃バプチスタ、瀬川ジョージ之丞。右の役人、残らず罷《まか》り出で相勤《あいつと》めまする。その為口上、左様！　東西東西《とざいとおおざい》！」

ここで「チョン、チョン、チョン」と柝《き》が入って幕が明くところではございますが、デンマークの王室には引き幕がございませんから、入る柝も入りません。幕も明きませんで、いきなり役者が出て参ります。

「ああ、一仕事終わったところで腹が減っちまった。それにしても、春は名のみのこの寒さ、なにか精のつくものを食って体を温めなけりゃァ、午後の仕事もやっちゃァいられない。そろそろ嬶《かか》ァが昼飯を持って来るはずだが、ても遅いのはなんであろう」

上手より出て参りましたのは、中村アルフレッド左衛門の扮しますは棟梁の権造でございますが、座頭《ざがしら》のジョン之助が八十間近のところ、アルフレッド左衛門はやっと不惑《ふわく》の角を曲がったばかりの若手でございますから、本来ならば若い留吉の役がふさわしゅうございますところ、ジョン之助がこの役を譲りません。「親方、ゴンザーゴは座頭の役で貫目《かんめ》が必要でござんすから、二枚目のアルフレッド左衛門よりは、親方の方が──」と周りは申しましても、「なに言ってやんでェ。留吉の役は和事《わごと》が出来なきゃどうにもならねェ」と言って、ジョン之助はこれを譲りません。「真実《ほん》のところ、これは座頭の役だがよ」とぼやきながら、アルフレッド左衛門は顔に砥粉《とのこ》を塗りまして出て参ったのでございます。

ゴンザーゴのアルフレッド左衛門は床几《しょうぎ》に腰を下ろしまして、かたわらの手焙《てあぶ》りの火に銀造りので千疋猿《せんびきざる》の模様を彫り出しました煙管《きせる》を近づけまして、すーっと一服。

ところへ、瀬川ジョージ之丞のお兼に手を引かれたジョン之助が下手より現れます。

ジョン之助の姿が現れますや、客席からは「待ってました！駒鳥屋！」の声が掛かります。「駒鳥屋」と申しますのはジョン之助の屋号でございまして、掛けましたのはイギリスから一座を連れて参りましたギルデンスターン。となりますと、相棒のローゼンクランンツも負けじと、ジョージ之丞の屋号「雛罌粟屋《ひなげし》！」と飛ばします。

屋号は可愛く雛罌粟屋でございますが、七十を過ぎましたジョージ之丞の顔は、ちょいとしたスケートボードほどのでかさで、これを白塗りにいたしましたところは、とんと一反木綿の妖怪が風になびく風情《ふぜい》でございます。

唐桟《とうざん》の着物に鯨帯《くじらおび》をいかにも好き者の年増らしく自堕落《じだらく》に巻きましたジョージ之丞は、「ねェ、留さん、あたしゃ本気なんだよ」と、ジョン之助にしなだれかかります。

「お前の可愛《かわ》ゆさにめろめろになっちまったあたしは、どうしてもお前を棟梁にしたさ。悪いこととは知りながら、弁当に眠り薬を仕込んじまった。これをあたしが内の宿六《やどろく》に持ってくから、弁当仕舞《しま》ってあいつが寝ちまったら、その時ゃ留さん、あんたの出番だ。分かっただろうね」

と申しますと、瘦せて皺だらけの顔にこれでもかとばかり白粉を叩き込みました八十間近のジョン之助、背は曲がり腰は落ち込んで両脚もわなわなと不確かにさせはしても、こればかりは衰えぬキンキンの美声で、「姐さん、そりゃァ人の道に、カッ、背きやしませんか！」と、音吐朗々《おんとろうろう》張り上げます。

白塗りのジーさんが濡れ羽色の黒い鬘《かつら》を頭に載せまして、落ち窪んだ目許に紅を点《さ》し、これを猿のようにカッと見開いて、捌《さば》き役のようにきっぱりと申しますところ、これのどこが和事なんだと言いたいようなものでございますが、老いたる座頭、百パーセントの自信は揺らぎもいたしません。

それでも役者と申しますものはえらいものでございまして、目の前にいるのが背中の曲がった白塗りの猿みたいなジーさんでございましても、顔のでかいジョージ之丞は、これを気弱な年下のイケメンのように扱いまして動じません。

片手をジョン之助の胸許に当て、「なにを言ってんだよォお前《まい》さん、あいつをやらなきゃ、あたし達に仕合わせは、ウウッ、来ないんだよォ」と、あらぬ方に目をやります。

誰がこんな芝居に夢中になるんだとは思いますが、「女は誰だって美しい不倫の炎を胸に点《とも》す」というのを持論といたしますお妃は、これを食い入るようにじっと見詰めます。心に恋の炎を宿してしまいますと、相手が猿でも狸でもよくなってしまいますのが、女心の不思議でございましょう。

玉座間近のクローディアス王子は、横で自分のおっ母さんが身を乗り出し、手を握り締めて恋の情熱に身悶えしておりますのに気がつきまして、「どうしてこういう母親と手を組んで何事かを為《し》おおせると思うんだろうか？」と、人の思惑の頼りなさに思いを馳せておりましたが、気がつくと視界の端にもう一人、怪しげな身悶えをする女がおります。

「いけないこと」が大好きで、なにかあればすぐ「いけないわ」ばかりを申します尼さんのオフィーリアが、部厚い革表紙の手描きのBLマンガを胸に抱え、これに爪痕がつくばかりギュッと爪を立て押さえ込みまして、大きく見開いた目には恐ろしい快楽の炎をメラメラと燃やしながら、「そうよ、そうよ、殺《や》っちゃえばいいのよ」と、譫言《うわごと》のようにつぶやいております。

お妃のガートルードは胸に不倫の炎を抱えておりますが、貞淑を旨《むね》として生きておりますオフィーリアは、燃やす燃料ばかりはたっぷりと貯えてはおりましても、恋の火の点《つ》きようはございません。「私に振り向かなくて私のどっかを刺激するだけの男なんて、みんな死んじゃえばいいのよ」と思う危なっかしい方面に火が点きまして、瞳は欲情に潤み、半開きになった唇から熱い息を漏らしながら、猿と一反木綿の濡れ場から目を逸らしません。

見渡せば、よぼよぼのジジーと危うい年増女ばかり、若い――と申しましても既に四十を過ぎました王子クローディアスは、「おお！　なんというところだ！　呪われろ吾が心！」と嘆きの声を上げますが、それをぶち壊してくれますのが、老いた実のお父っつぁん、ハムレットのご隠居でございます。

ふと耳を澄ましますと、どこやらから無粋な音が聞こえます。芝居は進んで、眠り薬入りの雑炊《ぞうすい》の入りました鉄鍋を提げたジョージ之丞のお兼が、亭主の権造の方へ歩み寄るところでございますから、「不安を知らせる下座《げざ》の喇叭《らっぱ》の音」とも思えますが、聞こえますのは、役者達のいる舞台の方ではございません。もそっと身近な方から、「ブォーッ!!　ズルズルズルズル、ゴゴォッ!!」と聞こえて参ります。「これは、もしや――」とクローディアスが横に顔を振り向けますと、お妃のおわしますの玉座の向こうの一際立派な王の玉座から、「ぐぉーッ」という声が。

お妃は心得たもので、「ホントにもう、こんなジジーはさっさとくたばっちまえばいいのよ！」という苛《いら》立ちを押し隠しまして、顔を正面の舞台に向けております。

その先にはご隠居のハムレットが大口を開けて高鼾《たかいびき》でございます。「おおお！　呪われよ吾が心！」と、またしても臍《ほぞ》を噛むのはクローディアス。「ああ、私はなんのために王宮でこんな芝居を上演させたんだ！」と、悔しいばかりの思いの声を押し殺しましたが、よく考えると分かりません。

ギルデンスターンとローゼンクランツがイギリスから連れて参りました旅の一座の『ゴンザーゴ殺し』という芝居にご隠居が異

様にはまりまして、『『ゴンザーゴ殺し』というのはどんな芝居なんだ？」と思いましたクローディアスがホレイショーへご下問になりまして、「こうこう、こう」と聞きましたばかりで、「危ない芝居でございますが、最後をハッピィエンドにいたしますれば、すべては事なく収まりましょう」などと余分なことをホレイショーが申しましたところ、今日の仕儀《しぎ》となりましたのでございますが、肝心のお父っつぁんが高鼾で眠っちまっていたら、なんの意味もない。

またしてもクローディアス王子は、「呪われよ、吾が心！　それよりももっと呪われよ、暗く冷たい牢獄のような吾が国！　吾が王宮よ！」と、親譲りの嘆きの声を上げそうになりましたところ、突如、「待て！　ならぬぞ！」という老王の声が響き渡りました。

（二）

老いたりとはいえ、北の雄国《ゆうこく》デンマークの王――というか、先王か現王かよく分からないまんまのハムレット王のお声でございます。王宮の一同ばかりでなく、ウィンザー城の奥庭のつもりでおります役者達も、その玉座を振り返りました。

一同の視線を浴びましたハムレット閣下、すっくと玉座からお立ちになりまして、玉座の壇を一段、二段と厳《おごそ》かに下りられますと見えましたが、老いの目覚めの定かならぬところが災いいたしまして、ドシン！　ガタン！　ズゴゴゴと、広間の床に滑り落ちました。

人々が黙って息を呑む中、真っ先に怪しい叫び声を上げまししたのが、百八歳になる臣下の鑑《かがみ》、元だか現だかはこれもまた分かりませんが、国を思い王を思う老大臣のポローニアスでございます。

手押し車に乗りましたポローニアスは、楫棒《かじぼう》を杖にして立ち上がろうといたしますが、傍《はた》が「あーあァ」と危うがります以前に怪鳥《けちょう》のような声を「ゲーッ！」と上げまして、車ごと引っ繰り返ってしまいました。

どうやらポローニアスは、「吾が君、お危のうございます」なんぞと叫びたかったようなのでございますが、ぶっ倒れて手押し車の下敷きになってしまいますと、もうなんでもございません。

あっちでもこっちでも、王宮の広間の床にはジーさんが倒れまして、年寄りでございますから反射神経が鈍って、即座に「痛てて」でも「ふんぎゃー！」でもございません。黙って横たわって、周りを取り囲みました者達も、「こりゃ死んだか？」と、動かぬジジーの様子を窺いますところ、玉座から下り損なったハムレットのご隠居がすっくと立ち上がります。

立ち上がりましてもよろよろでございますが、よたよたと歩を進めながら、「待て！　ならぬぞ！」と寝惚《ねとぼ》けた声を上げ、役者達の方へと進みますが、さすがに夫婦と申しますのは馴れたもんで、お妃は「あの年になると、生きてても死んでても同じようなもんだから、平気なんだわね」と素敵なことを仰有《おっしゃ》います。

生きておりましても死んどりましても同じハムレットのご隠居は平気で歩き出しますが、これより二回りも年上のポローニアスの方は、お付きの者が手押し車を起こしましても、倒れたままで動きません。どうやら「死んでいても同じ」という方向に進みましたようでございます。

ご隠居は口をモゴモゴさせて前へ進みまして、これがなにやら台詞を忘れた役者のように見えまして、クローディアスの王子はホレイショーを目で呼びます。

「ホレイショー、父上はまたよ、へんなスイッチが入ったんじゃないのか？」

ご下問を受けましたホレイショーも、ご隠居と同じ年寄りでございますから、「左様でございあんすなァ」と申しはいたしましても、格別困ったような顔を見せず、顔ばかりは嬉しそうに笑っております。

「ああ、デンマークはどうなるんだ！　私はこんな国を継ぐのか！　私が国王になったら、こんなジジーはみんな、ノルウェーに島流しにしてやる！」と、独り言ならともかく、これを大声で口にしてしまいますもんでございますから、血筋の上では確かにご隠居のお胤《たね》でございますが、そこへまた火に油を注ぐような声を上げますのが、ローゼンクランツとギルデンスターンでございます。

二人の胡麻《ごま》擂《す》りジジーは、ご隠居がよたよたと進みますものを、大立者《おおだてもの》の花道の出とも勘違いいたしましたか、「待ってました！」「国王陛下！」と声を掛けます。

「あーあ」と頭を抱えますのは次期国王のクローディアスでございますが、舞台で演じます役者達は「国王陛下のご来臨《らいりん》」とばかりに、うやうやしく頭を下げます。

舞台と申しましても、玉座のございます大広間でございますから、一段高いということはございません。段差のない平舞台に、足を取られますこともなくご到着のご隠居は、辺りを見回し「もっと光を！」とスポットライトのご催促をなされましてから、「ならぬ！　ならぬ！」と音吐朗々をなされようといたしましたが、役者ならぬ国王陛下には発声のご訓練がございませんで、「ならぬ！　ゲホッなら、ゴホッゴホゴホゴホゴホ、ぬ！」と、体を二つに折ってのご熱演でございます。

なにが「ならぬ」かは、ご隠居が息を整えられますまでしばらくの暇《いとま》がございますが、「えー、ハァ、ヒイィ」と息を整えられましたご隠居は、ジョージ之丞のお兼を指さしまして、また「ハァ、ハァ」と息を荒くされまして、「そこなる鍋の中には、毒が仕込まれておる！」と仰されます。

「口に入れればすなわち、肉を爛《ただ》れさす恐ろしきヘボナの毒液！　情欲の虜《とりこ》となった哀れな妃は、その欲のため夫の毒殺を図るのじゃ！　儂《わし》にも覚えがある！　その雑炊《ぞうすい》、断じて食ろうてはならぬぞ！」

舞台の役者達は顔を見合わせ、「はて、そんな毒なんか入れたか？　鍋に入れたのはただの眠り薬のはずじゃないか？」と思いますが、客席のクローディアスは玉座にましますお妃に、「母上、そんなことなすったんですか？」と、マジなお顔でお尋ねです。

「なに言ってんのよこの子は！　失礼しちゃうわね！　人聞きの悪いことを言うんじゃないよ！　あれは寝惚けたジーさんの妄想なんだから！　ふんとに、失礼だわよ！」

と息巻くお妃の目の端に入りましたのが、口の片端を上げてせせら笑うオフィーリアでございます。

ご亭主が叫びますなら、そのお連れ合いもまた同様で、「殺すんならあの女よ！　なんだってあんな女が生きてんの！」と、高々と指を振り上げて仰せになります。

「母上！　母上！　だめですよ。尼さん殺したら地獄に堕ちますよ。土に埋められる骸《むくろ》は墓掘り人夫の鋤《すき》で小突かれ、その脳味噌は、這いずり回る蛆《うじ》の餌食になる！　魂は、地獄の業火《ごうか》に焼かれ、三日三晩の期限もなく、修羅の炎でいつまでも、いついつまでも焼かれ続けるのです！　私としては、母上が死んだといってどうということもない！　ないがしかし！　そうなった母上は亡霊となって、毎夜城壁をうろつき回るんだ！　ああ、面倒臭いからやめてくれ！」

王子もだんだんにご隠居のＤＮＡに侵されまして、言ってることが分からなくなる。

「旦那、お旦那」と、この王子の裾を引きますのが、もう口のきき方がほとんど太鼓持ちのホレイショーでございます。

「お旦那、天の配剤てェやつでございますよ。うっかりおかしなスイッチの入ったご隠居は、こちとらの筋書き通り、芝居の向きをお変えになって下さいやした」

「そりゃまた、なぜに？」

「昨日、私奴《め》はジョン之助に申しました。よいか、ハッピィエンドにせにゃならぬ、よいところで天使を出して、ゴンザーゴに身の危険を知らせるのじゃ、と。ですから外題《げだい》も『ウィンザー城炎落日《ほのおのらくじつ》』でございますところを、『――天使曙』といたさせたのでございます」

「で、どうなんだ？」

「どうもいたしません。このまんまご隠居を天使にしちまえば、一件は落着でございます。ゴンザーゴは死なず、留吉は人の道を踏みはずすこともござんせんから、めでたしめでたしでございます」

「あの女房は？」

「そりゃもちろん、天使の前で己《おの》が悪心《あくしん》を悔いまして、泣きながら〝悪うござんした〟とゴンザーゴに詫びるのでございます」

「じゃ、あいつと留吉の仲は？」

「旦那もしつこい。浮気がやめられるんなら、人類に苦悩はございません。やめられないものをどうするのか？　浮気は隠れて陰でしろ、でございますよ」

「じゃ、お兼と留吉は切れないのか？」

「坊っちゃん、切れるとお思いですか？　別れろ切れろは芸者の時に言う詞《ことば》で、お兼は堅気《かたぎ》の女房でございますから、別れもしません、切れません。ばれなきゃいいのが、此世《このよ》の習わしでございやすよ」と申しますと、お妃も「そう」と。

まだ若い――と申しましても四十を過ぎました独り身のクローディアスは、そこのところに合点がゆきませんで、「ばれなきゃいいって、お前」と、青臭い書生の正義を振り回しますところ、さすがホレイショーは年の功で、「お騒ぎあるな」と制しまして、指を舞台に向けてパチンと鳴らしました。

ドドンと下座の太鼓が鳴りまして、厳かな管弦の合方《あいかた》が聞こえます。舞台の袖からススススッと黒衣《くろこ》が現れまして、よたよた加減でお立ちのご隠居の背に、かねて用意の作り物の天使の羽を背負わせます。

これを見定めましたホレイショーが、広間の端に向かってパンパンと手を叩きますと、手に燭台を持ちました小姓達が走り出で、壁の燭台に片っ端から火を移します。

城の大広間は夏至の日盛りのように光輝き、その光の中に天使の羽を着けました御大《おんたい》ハムレットが、まァスックとはいかず、ボーッとお立ちでございます。本来ならばこの天使、背中に紐を付けられて舞台上部に引き上げられるのでございますが、八十翁に宙乗りもならず、ただボーッと舞台におわします。

「もう一つ乗せましょか」とばかり、ホレイショーは、舞台の役者達に向かいまして、「天使だ！　天使だ！」と火を点けます。

役者にアドリブは付きものでございますから、アルフレッド左衛門もジョージ之丞も、すぐに「おおッ、天使様のご降臨じゃ！」「しェえ、天使様のおいでじゃわいの」と声を揃えて、ご隠居をその気にさせます。

そうなるともうご隠居は、しめこのウサウサで大乗り気になりまして、「いや、我こそは、大天使ミカエルなるぞ！　この世の悪を懲《こ》らしに参った」と、いい調子でおほざきになります。

ボーッとしているのは、事態の急変を頓《とみ》には呑み込めませぬ座頭のジョン之助で、ご隠居の横にボーッと突っ立っておりますが、急な天使のご降臨に広間の客は「ははーッ」と頭を下げます。水戸黄門でございますな。

ラララ、ランドセルは天使の羽♫でございますが、西洋は、水戸黄門も天使の羽♫でございます。

（三）

久し振りにスポットが当たって独り舞台状態のご隠居は、その気になって宣《のたま》い続けます。

「これ権造。そなたの女房は心良からぬ女であるぞ。手先《てさき》の留吉と謀《はか》って、そなたを亡き者にしようとした。この女房は、そなたの弁当に毒を仕込んだのだ」

「へへーッ」とアルフレッド左衛門の権造が頭を下げますと、天使のご隠居はジョージ之丞のお兼に向かいまして、「こりゃ、女」

とお諭《さと》しになります。

「汝ガートルード、そちは夫を軽んじ、不貞を働き、あまつさえ、いろいろと言葉に尽せぬ悪事を企んだ。その身を悔い、心を改め、この後は夫に尽しますように、きっと申しつけおく。相分《あい》かったな！」

「へへー」と、舞台の上のお兼は恐れ入りますが、勝手に自分の名を使われましたお妃の方は、「なに言ってんのよ」とそっぽを向きます。

自称大天使ミカエルのご降臨に平伏しないのは、玉座の上の王妃殿下と舞台上のジョン之助に、「おおお」と成り行きに見とれますクローディアスと、急に作者を気取りましたホレイショーばかり。彼《か》のオフィーリアでさえ、先程の「殺っちゃえばいいのよ」とは打って変わりまして、羽を背負ったジー様の姿に恍惚として、今にも失神いたしそうでございます。猫にまたたび、女に宗教と申しますのは、このところでございましょうか。

「これがハッピィエンドか？」と、クローディアスはホレイショーにお尋ねになります。

「結局、父上は母上に邪慳《じゃけん》にされて、それで様々にお騒ぎであったのか？　結局は、熟年の夫婦喧嘩なのか？」と仰有いますのを、ホレイショーより先にお妃は、「私は邪慳になんかしてませんからねッ」と仰せになります。

「母上は黙ってて下さい！」

「ほら、私はなんにもしてないのに、私の息子は私を邪慳にする！　それでいいんだったら、私だって言いたいことはいくらでもあるんだからね！」

「はいはい。で、お前はどう思う、ホレイショー？」

「さいでございやすな。真実《ほん》のところ、私にはご隠居の胸の内まではそうそう分かりはいたしませんが、ご隠居は、どなたかにお心を改めてほしいとお思いなんじゃございませんかねェ。誰でも年を取りますと心細いのが定《じょう》でございやす。それを耄碌《もうろく》亭主だ、クソジジーだと譏《そし》られますと、きゅっと心に秋の風。儂ゃなんのために生きとったかという気にもなりますが」

「ホレイショーのところはそうなのか？」

「はい。いずこも同じ秋の夕暮でございやすよ。亭主は大事にせんけりゃいけません」

「年寄りの泣き言はもう沢山。みんな、年寄りの被害妄想よ！生活が安定して年寄りになっちゃうと、しなくてもいい被害妄想が出るんだわ」と、お妃が「こんな風に幕を閉めちゃうのか？」というようなご発言をなさいました時、大広間の戸がドーンと大きく叩かれました。

「こりゃ何事?」と思います一同の目が注がれます前で、広間の大戸が押し開けられます。そこにおりましたのは――。

誰なのか広間の一同には見当がつきません。そこにおりましたのは、三十年振りに故国デンマークへ戻って参りましたポローニアスの息子、オフィーリアの兄でございますレヤティーズでございます。

三十年も見ない間にズルッ禿げになっちまいましたレヤティーズでございますから、勢いよく扉を開けましても、「誰?」「誰?」の哀しい反応で、その虚を衝かれてシーンといたしました広間の人間に向かいまして、パリィ帰りのレヤティーズは、「レヤティーズでございます! 今戻りましてございます!」と名乗りを上げます。

本来でしたら、「おお、吾が子よ、よう戻った」などと申してしかるべき父親のポローニアスは、最前より床にぶっ倒れて気を失ったままでおります。大天使ミカエルの降臨を目の前にして恍惚としたオフィーリアは、恍惚としたまま胸に手を当て、吐息のような声で「お兄様」とつぶやくばかりですから、どこからも「おお！」という感嘆の声は上がりません。「誰？」「誰？」というざわめきが広間に広がって行きます。

「母上、あの、レヤティーズってのは、ポローニアスの息子ですか？　パリィに行きっ放しになっていた？」

「言葉の上ではそうだけど、私の知ってるレヤティーズはあんなじゃないわよ。前は、毛があったもの」

「前って、いつですか？」

「いつかしら、ずっと前よ」

「お話し中でござんすが、レヤティーズがデンマークへ戻りましたのは、三十年振りでございやす」

「そのレヤティーズが、なんだってあもえらそうに帰って来た？」

「私が聞きましたところ、慥《たし》か戴冠式に出るということで」

「戴冠式って、誰のだよ、ホレイショー」

「そりゃ決まっております、お旦那ので」

「俺の？」

「他に誰が国王におなりになるんです？」

「俺だよ」と言って、クローディアス王子は、つい二、三日前にそのことを聞いたなと思い出します。

ああ、もう誰も彼もが物忘れがひどうございまして、かく申します私奴《わたしめ》も同様でございます。この話の初めに、クローディアス王子のことを「二十歳をまだ三つ四つ過ぎましたばかり」と申し上げましたのが、いつの間にか「この子はもう四十を過ぎてんだから」になっております。

クローディアスはいくつなのか？　謎は深うございます。黙っときゃバレなかったんだから、黙っときますよ。今更「黙っとく」もへったくれもないようなもんだけれど、そこが私奴の良心でございまして、「四十過ぎにもいろいろある、今時は、男の四十も二十もたいして違わぬ」ということにしておいていただきますと、波風は立ちません。

ということで、レヤティーズでございます。

なぜレヤティーズは三十年振りにパリから戻ったか？　「三十年振り」というのは確かなことでございますから、まずはご安堵をいただきまして、その入り訳でございます。実はパリィのレヤティーズ、長い間共に暮らしました女に捨てられたのでございます。

親父が百八なら、息子のレヤティーズは八十過ぎ。それでもプレイボーイ気取りの浮気性が収まりませんで、いい年こいて、「へいへい彼女、ワインなんかどう？」というナンパ三昧の日々でございました。レヤティーズと暮らしておりましたパリィの商売女も、これには辛抱がたまらなくなりまして、「いい年したジジーがなにやってんだ」と、家を出て行ってしまいました。出て行くだけならまだしも、粋なパリィの商売女でございますから、「ボンジウール」と年下男を引っ掛けて出て行ってしまいましたのでございます。

折から、パリィでもバブルがはじけまして、レヤティーズのやっておりましたセレクトショップも傾いて立ち行かず、金の切れ目が縁の切れ目でもございますが、パリィで好き勝手をいたしておりましたレヤティーズにこの道理が呑み込めるわけもなく、「俺にゃァ、デンマークに親父の家屋敷がある。たとえ勘当されたとて、これを売っ払えば、また再起のチャンスはある！」ってェんで、デンマークへと戻って来た。

こう申しますと、なにやらそれはそれで筋の通ったような話にも思えますが、レヤティーズは八十過ぎだ。これが女に捨てられて商売も立ち行かなくなるとどうなることか？　欲求不満ですることのない、キレやすい爆裂ジジィになってしまう。

「戴冠式だから国へ帰る」なんて申しますのも、張った見栄の口実でございますから、「戴冠式って誰の？」とクローディアスに言われてしまう。そもそも、戴冠式をやろうったって、気まぐれに退位を言い出したご隠居が、王冠をどこかに隠して、それがまだ見つかってないから、やりようがない。

「御前《ごぜん》、王冠をどこへお隠しになりました？」と尋ねましても、「知らぬ、分からぬ。王冠は、国王と一緒だが、国王は王冠と共にはおらぬ」などと大喜利《おおぎり》めいたことを口にされましたが、真実《ほんと》のところは、お忘れになっただけ。

さァ、これが出て来るのか出て来ないのかは議論の分かれるところでございますが、国へ戻って参りましたレヤティーズがキレやすいのは、かつては左翼思想に傾倒し、親父とさんざんにやり合った過去もあるからでございます。

「父上は偽善者だ！　この国は人民のものにならなければいけない！」などということを、十九世紀になる前の十二世紀に口にしましたのですから、おとなしく国にいられるはずもない。パリィに逃げたデンマーク過激派の生き残りなのでございます。

（四）

レヤティーズはそういうお人でございますが、レヤティーズばかりではない。世の中には、前ばかり向いて後ろを振り向くことをしない、いたってポジティヴな御仁《ごじん》はいくらでもおいでになります。

「ちょいとお前《まい》さん、こないだまで〝俺《おら》ァ、アーチストだ、ミュージシャンになるぞ〟って言ってたのに、どうしたのさ！」

「ありゃもうやめた」

「やめたって、高い金出してギター買って、あんたあれ、三十万もしたんだよ！　弘法は筆を選ばねェが、アーチストは楽器を選ぶって言ったのは、誰なんだい？」

「そう言ってな、俺はギターより文筆の才があるってことに気がついたのよ」

「そう言ったのは先《せん》の月《つき》で、〝俺ァ小説書いて芥川賞取るだ〟って言ったじゃないか。〝だからパソコン買え〟って、高い金払ったって使やしない！」

「買って気がついたんだが、俺《おら》ァ機械に弱いんだ」

「どうしてそういうことを、金を遣う前に分かんないんだよ！ 小説家になりたいの前はミュージシャンになりたいで、その前は〝役者になって演劇がやりたい〟だろ。そう言っといてお前《まい》さん、〝劇団やるのに金がいる〟って、パチンコばっかりやってたじゃないか！ いつもスッてばかりいて、〝俺にはクリエイティヴな才能しかないのか〟って、二十万も三十万も私ンとこから持ってったろ！ 一体、お前《まい》さんはなにがしたいんだい！」

「ううむ、なにをするのか、しないのか、この才能のあり過ぎる俺にとっては、それが問題だ！」

「なに言ってんだい！」

といううようなことを、フランスのパリィ辺りでやっておりましたのがレヤティーズでして、「前向きとは懲りぬことなり」と言うようなもんでございます。

前向きのまま、心はいつも青年で、懲りるということを知らぬままジジーとなって、懐かしいかどうかは知れぬ、故郷へと帰って参りました。

老いを知らぬレヤティーズ、三十年振りの帰国を「おおッ!!」と迎え入れてもらえるかと思い、千両役者気取りで広間の戸を開けましたが、一向に「おおッ!!」はございません。「ありャ誰だ？」の白々明けの彼方には、燭台の光眩《まばゆ》い——なにやら知れぬ奇怪な光景。舞台と思しき中央には、羽を着けたジーさんが突っ立っている。「これはいかなる茶番《ちゃばん》、噂に聞くディズニーランドのハロオウイーンか」と思いますところに、かたわらより「お兄様」と女の声。

年寄りますと、条件反射も鈍《のろ》くなります。呼びかけられ、「はて、〝お兄様〟とは？」としばらく思いに耽《ふけ》りまして、「そりゃ儂じゃ」と気づきます。気づいて、「この儂を〝お兄様〟と呼ぶ女は？」と、やっとに振り向きます。

ここでしばらくの「間《ま》」がございまして、「おお、お、見覚えがある。誰であったか？」と凝視する目の前で、「お兄様、オフィーリアでございます。お懐かしゅう」と言う声が。

「おお、お。で、誰だったっけか、オフィーリアは。聞き覚えのあるその名は？」というややこしい伝達儀式がニューロンの細胞同士にありまして、「おお、吾が妹か。変わり果てたその姿は――」と言い掛けまして、よく考えたら、三十年前のオフィーリアはもう出家していた。仕方がないので、よく考えたその先で、「ようもまァ、変わらず堅固《けんご》に達者であったことよなァ」と言いまして、またしても首を傾げた。

若い気のジーさんというものは、自分ばかりが若くて、周りはみんな老い耄《ぼ》れになってしまうと思い込んでおりまして、「吾が妹ならば、さぞかし老い込んで昔の面影もなかろうに」と構えて被りものの下の顔を見ましたが、さして変わるところがない。「こりゃ、なんとしたこと」と思いましたが、出家して尼さんになった時からオフィーリアは変わりません。現世と縁を切った修道院の中で、時というものは数層倍ゆるやかに流れますもんですから、コラーゲンなしでも皮膚はプルプル。まことに、最大のアンチ・エイジングは、世を捨てて神やら仏やらに仕えることとなのでございます。

考えているのか立ったまま気を失っておりますのかよく分からないレャティーズの前で、「お兄様、お懐かしゅうございます。ようこそ無事にお戻りを」と、オフィーリアは申します。

年寄りというものは、なんでも繰り返して申しますので、これを写実でいたしますと手間がかかります。でございますので、ここからはいささか早間《はやま》に、嘘を交えてお話し申します。

目の前にオフィーリアがいると気づいたレャティーズは、そこから連想ゲームで、「親父はどうした？　親父はいたはずだぞ」と、思考の歯車を進めます。なにしろ、親の財産を目当てにしてパリィからやって来ましたのですから、親父がいなければ話になりません。

「親父はどうした？　父上だ。名前はなんだか忘れたが、俺の親父はまだ生きてるんだろう？　死んだという話も、遺産相続の通知も、パリィにゃまだ来なかった。父上は？　父上はまだ健在か？　いなければぶっ殺すまで！」と、言わなくてもよいことまで言ってしまいました。

さて、ここに哀れをとどめますのは、手押し車を引っくり返し、広間の石の床の上に倒れたまま、その存在を忘れられていた、レヤティーズ、オフィーリア兄妹《きょうだい》の父、ポローニアスでございます。

冷たい石の床に倒れたまま動かなくなっておりましたポローニアスに、広間の一同が気づかずにおりましたのはもちろん、ジョン之助一座の芝居に見入っておりましたからではございません。広間の見物客は、お妃付きの女官が三人ばかりございます他は、みんなジーさんでございます。

これが、王宮と申します政治の世界の現実でございまして、もしもここに世話好きのバーさんが幾人《いくたり》かおりましたならば、「あら、ポロさんがいないわ。ちょっと、ポローニアスさんがポロリしたまま倒れてるわよ！　大変よ！」などという声を上げますのですが、ジーさん達はそうなりません。恐ろしいことに、ただ気がつかないのでございます。

「オフィーリア、父上はいずこ？　堅固におわしますか？」と言われて、オフィーリアもやっと、「あれ？」と思いました。修道院に入ると性別をなくして、若干おっさん化してしまいますので、これもいたし方のないところでございましょう。

「あれ？」と思ったオフィーリア、兄貴の手を引きまして、「お父様はこちら――」と広間の人を掻き分けます。するとそこには、生きていた時の姿をそのままにするポローニアスが、仰向けのまま大口を開け、格別「無念の表情」というようなものを見せぬまま、寛《くつろ》いでいるのか死んでいるのかよく分からない状態で、両手両脚を大きく広げて倒れております。

「お父様！」

「おお、父上！　お気を確かに！　父上！」と叫びながら、レヤティーズは動かなくなったポローニアスの肩を抱き、何度も何度も揺すぶります。ポローニアスの禿げ頭が、固い石の床に何度も何度もぶつけられるのは、わざとではないのかもしれませんが、確証はございません。

「おお、あの慈悲深き、厭《いと》わしく寛大な父君が、冷たい骸《むくろ》になってしまっている！　星よ叫べ！　地よ嘆け！　あの偉大なる父君が、家屋敷を私に譲って、穢《けが》らわしい蛆虫の餌になろうとしているのだ！　天も嘆け！　波濤《はとう》も吠えよ！　デンマークにその人ありと知られた父上を亡き者としたのは、どこの何者じゃ！　オフィーリア！　知っておるなら事情を語れ！　知らずにいても事情を語れぃ！」

左翼崩れのキレ老人でございます。うるさいほどに声がでかい。怯えましたオフィーリアは、ただ「ハムレット様が――」と、それればかり。

ご承知のようにポローニアスは、自分から立ち上がろうとして、手押し車を引っくり返してしまったのでございます。ハムレットのご隠居とは直接に関係はございませんが、立ち上がったハムレットのご隠居が転《こ》けましたのを見て、慌て驚きましたばかり。これをただ「ハムレット様が――」と言ってしまいますと、まるでご隠居が百八歳のジジーを石の床に突き倒しましたように聞こえます。

困りますのはオフィーリア、知った男の前では自分をしとやかに見せようと、カマトトを使います。「そりゃ誤解」もへったくれもなく、ただカマトト声で「ハムレット様が――」でございますから、さして頭の回らぬレヤティーズは、「なにィ！　ハムレットの小僧か！」と血相を変えます。

もうね、そのね、デンマークを留守にして三十年がたっておりますからね、自分と年の変わらぬハムレットのご隠居が「小僧」であるわきゃァないのでございますが、三十年前に記憶が止まって、「はて、さて」と考えますと更に三十年記憶を溯らせてしまうというへんな頭を持ちますレヤティーズにとって、八十過ぎたハムレットのご隠居は、昔馴染みの「小僧」なのでございます。

最新の脳科学の方でございますと、人はどうも最初に見た原初的な記憶に縛られるんだそうでございまして、私輩《ども》なんぞは、

「東京の世田谷の高級住宅地」なんぞと言われますと、「いつあんな所が高級で、住宅地になったんだ？」と思ってしまいます。「世田谷ったらお前《め》ェ、風が土煙を吹き上げる畑ばっかりでよォ、烏山の駅前なんか茅葺《かやぶ》き屋根が並んでんだぞォ」と言いまして、「親分、そりゃいつの話でござんすよ？」と言われております。とかくファーストインプレッションと言いますものは忘れ難うございまして、ですからレヤティーズも「ハムレットの小僧！」などと。

さて、そうなりますと困りますのは、二十三、四か四十過ぎか、年齢不詳のクローディアスでございます。八十過ぎのジジーに「小僧」呼ばわりされる年頃の男は、ここにクローディアスばかりでございますので、鬱憤《うっぷん》ばらしの怒りの形相ものすごいレヤティーズは、王妃の玉座の横に控えております、クローディアスの方へ向かいます。

「お前《め》ェか！　いつまでもおっ母ァのそばにべったりくっついていやがって、ハムレット、お前ェがお父っつぁんを殺したか！」

　こうしてお話は、どんどんわけの分からない方向へ進んで参りそうになるのでございます。黙って聞いてりゃ、まるで「クローディアスは父王のハムレットを殺したか」というようになってしまいます。

「もしもし、お兄様、違いましてよ。ハムレット様はあれ、あちらに」と、オフィーリアが指さす先には、羽を着けた妙なジジーが。

　それで話がすんなりと進めばよろしゅうございますが、余計な口をきくのが女の性《さが》。ガートルードがクローディアスに囁きます。

「だから言っただろ、お前がいつまでも甲斐性なしだから、ポローニアスの息子風情にバカにされるんだ」

さすがにクローディアスは利口者で、これ以上口を挟んだら話がいつまでたっても終わりませんことを知っておりますので、「ああ、そうですか」と受け流します。

（五）

「お前《め》ェがハムレットか、久し振りだな」

「そういうお前は？」

「レヤティーズだ。主《ぬし》ァ俺を、見忘《おわす》れたか。幼馴染みの情けも仇《あだ》。親父と別れ、お前のため王座を逐われて異国を流離《さすら》い、戻ってみればこの広間、お前が親父を殺していた！　この恨み、晴らさずにおらりょうか！」

お客様、まともにお取りになる必要はございませんですよ。当人が、こう言っとりますだけですから。

レヤティーズのお父っつぁんポローニアスは、デンマークの大臣。「身分違いだから、お前は王子の妃になれないよ」と娘のオフィーリアに言ったのでございますから、レヤティーズが「王座を逐われた」なんてェこたァございません。その昔、「革命だ！」「うるせェ、出てけ！」と親子喧嘩をポローニアスとしましたばかりでございます。

レヤティーズは、「王座を逐われた」などと、わけの分からぬことを申します。これを言われて、ハムレットのご隠居はどうなすったか？

どうもいたしません。ハムレットの御大《おんたい》は、自分に関係のない話ですと、なんのことやらとんと分かりません。右の耳から入りました話が左の耳から抜けてしまいますので、「この恨み」もへったくれもございませんで、天使の羽を着けたまま、ボーッと突っ立っておいでてでございますから、老いの恵みというのはこのところでございましょう。

さァ、レヤティーズはどうするか？「この恨み晴らさでおりょうか！」と言っちまったのが自己催眠になりまして、腰の剣に手を掛けました。

あわや、デンマークに血の雨がふるかどうかの瀬戸となりましたが、老いたレヤティーズ、剣に手を掛けましたが、スラリと抜き放つことが出来ません。肘の関節にコンドロイチンが足りませんで、曲げて剣の柄《つか》をつかんだはいいが、腕が伸びませんので抜けません。

「おりゃ、おりゃ、ええい、おりゃ！」と叫びながら舞台をふらつき回り、ご隠居の着けておりますて天使の羽にぶつかりました。昔の拵《こさ》え物《もん》でございますから、ベニヤ板を切り抜いて作りました羽でございます。レヤティーズに羽を引っ掛けられましたご隠居は倒れ、倒れたご隠居に引っ張られまして、レヤティーズも負けじと舞台に転げました。

ジジーが二人倒れまして、余分な口をききます者がおりませんから、誰も「おお、この血腥《ちなまぐさ》い惨劇！　この屍《しかばね》の山！　恐ろしい！　誰がデスノートにこの名を書き記したか！　遠い地下の穴倉で、死神達よ酒盛りでも始めようというのか！」などとは申しません。ただ、「おゝ、痛て」「痛てててて、誰か、助けてくれ」というジジー二人の呻き声が聞こえるばかりのところ、どこからか怪しの唸り声。地獄の底から聞こえるような気がいたします。

誰も彼もが、「なんだ？」と耳を澄ましますところへ、城の門番が走り込んで参ります。

「申し上げます！　只今お城のご門前に、韃靼人《だったんじん》に追われましたスラブの難民、夥《おびただ》しい数が押し寄せまして、〝開けてくれい、入れてくれよ〟の大騒ぎでございます」

これを聞きましたお妃様は、さすがの女丈夫《おんなじょうぶ》でございまして、「騒ぐんじゃないの！」と一喝いたします。

「あれでしょ、あれ。フォーティンブラスが言って来たやつでしょ？　ポーランドからスラブの難民が来るから、通してやれってやつでしょ？　こないだ、ノルウェーに使いに行ったのは誰？」

「はいはい、ヴォルティマンドでございやす」

「コーニリアスでございますよ」

「それで、弟のフォーティンブラスはなんて言ったの？」

「難民を引き受けるのは国の義務、人道の沙汰でございますと仰《おっ》有《しゃ》いました」

「通すだけなのよね？　通って、ノルウェーに行っちゃうんだわよね？」

「仰せの通りで」

「だったら、さっさと門開けなさい！　さっさと開けて、追っ払っちゃいなさい。こっちはこっちでめんどくさいんだから！」

確かにめんどくさくはございます。あまりの長丁場《ながちょうば》に年寄り連中は疲れ果てて、高鼾の最中。そこへ、お城の表門から入り込みましたスラブの難民が、わーわーぎゃァぎゃァ声を上げ、荷車やらベビーカーを押しながら大広間へと入り込んでございます。

なにせスラブ人、話す言語が違いますので、「ありがとうございやす」「神のお恵みがありますように」と叫びましても、阿鼻叫喚の亡者の呻きと響きます。

これを聞きつけましたレヤティーズ、瀕死《ひんし》の体をむっくと起こしまして叫びます。

「おお！　これぞ吾が人民の蜂起！　革命の時ぞ今こそ至った！」

すべて自分の都合のよいように解釈出来ますれば仕合せというもの。老いの功徳《くどく》でございますが、そのスラブ人の中に一人、英語を話します者がおりまして、それが先程のヴォルティマンドやらコーニリアスに、「ちとお尋ねいたしますが」と申します。

「ハムレット様と仰有いますは、どちらにおいででございましょう？」

「陛下はあちらで、天使になられて倒れておいでだが、その方は何奴《なにやっ》じゃ？」

「へい、へい、名乗るほどの名を持ちます者でもございませんが、ここへ来かかります途中、墓掘り人夫と出会いまして、言伝てを頼まれました」

「して、なんじゃ？」

「これをお渡しいたしますようにと」

「なんじゃ、陛下のなくされた王冠が見つかったか？」

「いえいえ、そうではございませんで、これでございます」

と袱紗《ふくさ》包みを取り出します。

「こりゃなんじゃ？」

「掘り出しましたばかりの、シェイクスピアの髑髏《どくろ》でございます。これに酒を注ぎますと、〝お前《め》ェ、ふざけるのも大概にしとけよ〟と申しますそうで」

いかにもでございますもんですから、この辺りで高座をご免《めん》とさせていただきます。

お後がよろしいようで

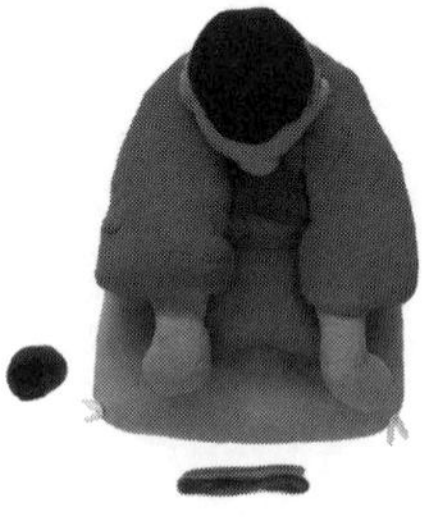

沙翁《シエークスピヤ》夜話

ハムレットに就きて

若月弦之助

愚生《わたし》が沙翁の『ハムレット』を初めて観たのは、七、八年前のことだったか、川上貞奴《さだやっこ》がオーフィーリヤの織江《おりえ》を演じた本郷座の舞台だった。ハムレットが葉村年丸《はむらとしまる》という随分と和風の舞台で、オーフィーリヤのいるところへハムレットが現れ、「生きたらよいのか、死んだらよいのか、それも詮《せん》ない気休めじゃ」などと長台詞を遣うところなど、あまりにも長過ぎて、いっそ「十六夜清《いざよいせい》心《しん》」の稲瀬川で、金を奪おうとして若衆を殺めてしまった清心が、その罪を悔やんで腹を切ろうとした刹那《せつな》、「然《しか》し待てよ、今日十六夜が身を投げたも、又この若衆の金を取り、殺したことを知ったのは、お月様とおればかり、人間僅《わず》か五十年」と悪心に目覚め、「こいつァめったに、死なれぬわい」と悪党鬼薊《おにあざみ》の清吉に変身してしまうところに比べれば剰《あまり》に冗長《くだくだ》しく、切角貞奴が出ておるのだから、ここのところを浄瑠璃にでも仕立ればよきものを等と思いはしたが、近年逍遥《しょうよう》翁の翻訳による『ハムレット』を一読したところ、然《そ》うしたものでもなかったかと思い至った。

抑《そもそも》『ハムレット』と云うは、デンマアク王室に伝わる内紛劇で、父王（これ又、息《そく》と同じハムレットの名を持ちたり）を叔父公により毒殺され、母なる妃共々王位簒奪したることを知った王子ハムレットが仇を討たんとする話であるが、眼目は仇討芝居ではなく、父王の無惨なる死を知りたるハムレットが、己が宿命《さだめ》を恨み嘆くところにある也。誠、封建の世とは違える、近時文明の世の劇脚本ではある。

であればこそ、この劇はいきなり父王の亡霊出現からは始まらぬ。我が朝であるならば、幕明きの発端に雷鳴轟き、寝鳥《ねとり》笛の薄ドロにかぶせて出現した父王の亡霊と、城壁をさまようハムレット王子とのいきなりの対面となるところ、何場も続く一幕の末となって、ようやく父王の霊と対面す。それまでハムレットはなにをやっておるのかと云えば、留学先の大学から父王の葬儀のため戻り、即位せし叔父王の妻に母后《ぼこう》のなりたるを知り、厭世の気となって「大学へ戻る！」と拗ねている。ハムレット未《いま》だなにも知らず、父王の死を悼《いた》もうより先、母の不貞を嘆きおる。母の不貞、不実、淫奔を嘆かんとして、その具《ぐ》に亡き父の偉大さを持ち出し嘆くところは、さすがに西洋人ならではで、されぱこそなかなか仇討劇にはならぬ。年頃の息子が「おっ母さんはどうしたんだ！」と不貞腐れおるところへ、「偉大なる父王を殺し、母妃を寝取ったは性根腐りし汝《な》が叔父よ！」の言葉が亡霊の口より告げられるのだから、年頃の息子は恐れ戦きのた打ち回る。考えみれば「成程！」で、我が朝の劇芝居のように、「父上、お恨み晴らしまする！」とハムレットがいきなり立ち上がるようもない。

されぱこそ、この仇討劇は「然《そ》う容易《たやす》くは仇を討たれぬ」という思いの丈ばかりが延々と語られ、近時の書生連中にはその胸のもどかしい思いばかりがたまらぬらしいが、愚輩《ぐはい》のように旧劇の弊に泥《なず》んだ頭には、些か通りの悪いところもある。

兄王を殺し嫂《あによめ》を寝取った叔父王のクローディヤスは、旧劇ならば実悪の座頭《ざがしら》の役処だが、どうもこちらでは然うもゆかない。恐ろしい憎まれ役で顔に藍隈《あいぐま》を取ってもよいような叔父王は、父王の恨みを知って錯乱状態となったハムレットの為を思う。御為倒《おためごか》しであるようにも思えるが、ハムレットが父王からその死の経緯を伝えられたことを知らぬままあるのだから、「我が王子は如何したか？」と心を砕くのも無理からぬところで、「成程、人には然うした一面もあろうか」と思われる。

　嫂を我が物としたクローディヤスは、まさか義理の子が母の再婚に衝撃を受け深く沈潜《ちんせん》しおるなどとは思いもせぬが、そのハムレットがもう一段落ち込んでしまうと、「彼奴《あやつ》は如何して深く憂いおるか？」と周囲の者に尋ねて回る。ここに余計な口出しをするのが、家老やら番頭役の侍従長ポローニヤスで、この老僕は「ハムレット様の傷心は我が娘オーフィーリヤに愛想尽かされたことに因る」と、かなりに手前勝手な説を口にする。

ポローニヤスは「若い男と云うものは女遊びをするものだ」と思い込んでおるので、フランス好きになっている息子レーヤーチーズの巴里《ぱり》での行状を人を遣って探らせ、そのレーヤーチーズも妹に「ハムレットに言い寄られても遊ばれるだけだから身を任すな」と忠言して巴里へ去ってしまう。ポローニヤスも理の当然で、娘に「ハムレットと別れろ」と言う。娘は言いなりになってハムレットに愛想尽かしをし、この話を聞かされたクローディヤスも「真実その通り」と膝を打つ。

男輩《ども》は全員「ハムレットはオーフィーリヤに振られ気が狂った」と納得してしまうが、父を殺され、母はその犯人と再婚したと知らされハムレットは、オーフィーリヤに振られたところでどうということもない。この芝居の難点は、女形に演所《しどころ》がないことで、ハムレットを袖にしたオーフィーリヤが、改めてハムレットに嫌われると狂乱状態になってしまうというところも、ただ歌ばかり唄い、去って現れたらもう死んでいたというのでは些か曲がない。旧劇ならここに「オーフィーリヤ狂乱」の所作事を一幕入れるところでもあろうから、本郷座の貞奴も演所がなくて気の毒であった。オーフィーリヤばかりでなく、立女形の演ずべき王妃ガーツルードも、淫婦なのか次王に嫁《か》すべき王家の定めに泣く薄倖の貞婦なのか、役の性根が明瞭《はっきり》しないので、演《や》りにくかろう。ここは竹本を入れて、「そりゃ聞こえぬハムレット（デンデン）」と云う口説きでも演じさせれば、我が子に責められる不憫な母親という演所も立つが、どうも西洋芝居は理詰めでそうもならぬようだ。

父王の霊から「朕《ちん》を殺めたは弟クローディヤス」と告げられた

にも拘《かかわ》らず、ハムレットはその確証を得んとして、やって来た旅回りの役者一座に、父王毒殺の件りを「ゴンザゴー殺し」の芝居に仕込み、王宮で演じさせ王の反応を見ようとする。成程理詰めで、然んなものを観せられたクローディヤスは、顔色を変えて席を立つ。「しすましたり、さてこそそな！」とハムレットは思うが、彼はこの王を討つことが出来ない。なんと一人になった極悪非道の王は、祈りの台に跪《ひざまず》き震えながら手を合わせ、神に兄殺しの罪を告白しているのである（西洋では、兄殺しは天地開闢《かいびゃく》以来の大罪である）。成程、是れは新しい。極悪非道の悪人が慚愧《ざんき》の念で膝を屈し、神に宥《ゆる》しを乞おうとしながら罪の重さに宥しを乞いきれないというところは、稲瀬川の清心の心変わりの裏を行ったようなもので、黙阿弥《もくあみ》のような旧劇の作者には為《な》し難《がた》いことでもあろう。

酷薄《こくはく》なる王の心に涙の一滴を点じたるは沙翁の功績でもあるが、此の哀れなる王の姿を目撃したハムレットは好機と思い、無防備なる王を討たんとして、怯《ひる》んでしまう。「悪党を殺すにしろ、悪事の最中に殺せば地獄へ行くが、祈りの内に殺したとて祈りと共に極楽へ行くのが相場」と考えてしまうのだが、これは理詰めの逃げであろう。いざとなって気後れのしたハムレットは、理屈で逃げたのである。言われてみれば成程然うでもあろうが、ここで仇討をせねば話がまとまらぬ。がしかし、当世流のハムレットはこれを避け、話は惨澹たる方向へ進むのである。

小心ながらも邪智深い叔父王は、姑息《こそく》な策を講じて厭《いや》がらせをする煩わしい義理の息子に、ローゼンクランツとギルデンスターンの二人を供に付けて英国へ送り、彼の地で殺してしまおうと考えている。叔父王が我が身を疎んじ英国へ追い払わんとせんとするを知りながら、肝腎の大敵《おおがたき》の叔父との対決を避けたハムレットは、その足で母妃の居室へ向かう。怯懦《きょうだ》なる王子は文句を言いやすい母親のところへ行って「淫婦、姦婦《かんぷ》」と好き放題に罵るのだが、番頭役のポローニヤスは先に回ってこの部屋に隠れている。

ポローニヤスはお妃に「ハムレット様をお諭《さと》しになって下され」と言い、妃の方も「妾《わらわ》は叱るわ」と請け合いおったに、息子に罵られると空意気地《からいくじ》がない。気の弱い母親を罵るだけ罵って、気が昂ぶった序《つい》でに、隠れていたポローニヤスを刺し殺してしまう。気弱な母親には言いたいだけのことを言い、力ない老人のポローニヤスは殺してしまう。父親をハムレットに殺されたオーフィーリヤは気が狂って川に身を投げ、父と妹を失ったレーヤーチーズは怒り狂って巴里から戻り、クローディヤスに指嗾《そそのか》されてハムレットと決闘の剣を交えることになる。

我が身大事のクローディヤスは念には念を入れ、レーヤーチーズの剣に細工をさせ、ハムレットに与える杯には毒酒を入れるのだが、レーヤーチーズの剣で傷を負ったハムレットは、剣を交える内にレーヤーチーズのそれと剣を持ち換え、ハムレットも死ぬはレーヤーチーズも死ぬ。気弱な妃もうっかり息子の為に用意された杯の酒を飲み干して死に、剣に毒が塗ってあることを瀕死のレーヤーチーズに教えられたハムレットは、遂にクローディヤスを刺し殺す。ハムレットの友人ホレーショーはこの一部始終を目撃し惘然《ぼうぜん》としおるところへ、隣国の王子フォーチンブラスと英国からの使節が来合わせ、暗澹《あんたん》たるデンマアク王家の惨状に息を呑むのであるが、惨澹《さんたん》たるものは惨澹である。致し方ない。これが西洋というものぞ。目出度《めでた》し目出度しとはならぬ。

（文芸評論家・大正二年没）

――えー、ごめんなさいやし。師匠、席亭の方から「ちょいとページが余っちまったんで、楽屋噺でも伺って来い」なんてことを言われまして。

　なんですか、私に埋め草仕事をしろてんですか？

――申し訳ございませんが、何分にもページが余っちまって。

だったら、ミシン目でも入れて鼻紙にすりゃいいじゃないか。

――鼻紙にはちょいと固過ぎまして。大喜利のつもりで師匠に楽屋噺でもしていただけたら幸いだという、仕儀でございまして。

　鴫《しぎ》だか鴨だか知らないがね、あたしゃ大喜利はやらないんだ。

――でしたらその、中喜利でも小喜利でもよろしいんで。

　分かりましたよ。

――今回は師匠、またずいぶんとぶっ飛んだことをなさいまして。

　別にぶっ飛んじゃいません。そもそも落語なんだから、むつかしく考える方がおかしい。世間様がね、私のことをどうお考えかは存じませんがね、あたしはね、時々へんなことをしでかす真面目な人ってェのとは違うんだ。私ァね、そもそもふざけた人間で、時たま真面目にもなるっていうだけの人間だから、間違わない方がいい。

――時々とおっしゃいますが、どんな拍子に真面目におなりになるんで？

　あれですね、アルマジロとおんなじで、棒で突つかれると丸まっちまうようなもんでね。まァ、ずっと丸まってると頭の方も固くなってなにがなんだか分からなくなるから、ヘロヘロのバカ人間に戻って寝そべってんですがね。

――さようでございますか。

なにが「さよう」だよ。お前は人をアルマジロ人間にしといて嬉しいのかよ？

――そういうわけじゃございません。師匠がそうだっておっしゃるから。

人が「そうだ」って言えば、なんでもそうなのかい？

――別にそういうわけでもございませんで、今回は速記の酒井捏造先生のお働きも大きいようでございますが、捏造先生というのはどういうお方で？

話の展開が急だね。

――それが、どういう筋のお方か聞いて来いと言われたもんでございますから。

捏造さんはね、大名人の円朝師匠が明治の御世になさった『怪談牡丹燈籠』の速記をなさった若林玵蔵《かんぞう》という方がおいでて、この方が一人でおまとめになったようにも思われているけれどもね、玵蔵さんお一人じゃしんどい、てんで助太刀をなさったのが酒井昇造さんという。その方の御一門かそこら辺りのお方だけれども、なにせ「捏造《ねつぞう》」さんだから、私の方も詳しいことは分からない。分からないけれども、捏造先生がいろいろなことを言って来る。「この〝私輩〟は、〝わたしども〟でよろしいんでござんしょうか？　時々〝あたしども〟のようにも聞こえるとこもございやすが」――なんてことをね。そりゃ、耳で聞けばさ、「わたしども」が「あたしども」のようにも聞こえもしましょうや。でもね、こっちは一々それを気にしてるわけじゃない。「ここは〝わたしども〟だ。ここは〝あたし〟だ、〝あたくし〟だ、いやまた〝わたくし〟だ」ってのを、頭の方じゃなくて、舌の方が勝手に判断してやってくれるからね、「ここは〝あたし〃ですか?」って言われたって、一遍やってみないと私も分かりゃしませんね。音を文字に写すってのも大変なお仕事だとは思いますがね、書いた文字をどう読むかはこちらの勝手でござんすからね。「うめェ」と書いてあるのを、そのまま「うめェ」と読むか、「んめェ」と読むかはそれぞれだ。「梅」を、昔の人は「うめ」とも「むめ」とも読みましたからね。文字は一つの約束手形で、不渡りになることもござんすね。なんてことを言うからまためんどくさくなるんだけどもさ、あの、なんだ、キスしていい?

——だめですよ(笑)。

そうか。まァ、楽屋噺はこれくらいにしてさ、オッパイ揉んでいい?

——あたしにオッパイなんかないですよ。

ハハハ。財務省の事務次官だって、暇な時には漫才やってるんだから、これでお笑いってのもたいしたもんだわね。

——それで師匠、次の高座はどうなります。

次かい? 次はね、あれだよ、ふり向いてみただけのォ♫だよ。

——なんですか、それは?

唄ってごらんよ。

——ふり向いて、みただけの? ああっと、異邦人でござんすね?

あんたも古いね。「昭和の生まれよ」ってとこかい? まァ、あたしももう年なんでね、落語世界文学全集なんて言ったって、いつまで続くか分かりゃしませんよ。死んだらおしまい。予定は未定ってことでね。じゃ、あたしは帰りますよ。お疲れさん。キスしていい? ハハハハハ。最近のお気に入りだよ。

初出

第一夜……「文藝」二〇一七年夏季号
第二夜……「文藝」二〇一七年秋季号
第三夜……「文藝」二〇一七年冬季号
解　説……書き下ろし

橋本治（はしもと・おさむ）
一九四八年、東京生まれ。東京大学文学部国文学科卒業。イラストレイターを経て、七七年小説『桃尻娘』を発表。以後、小説、評論、戯曲、エッセイ、古典の現代語訳など、多彩な執筆活動を行う。九六年『宗教なんかこわくない！』で新潮学芸賞、二〇〇二年『「三島由紀夫」とはなにものだったのか』で小林秀雄賞、〇五年『蝶のゆくえ』で柴田錬三郎賞、〇八年『双調 平家物語』で毎日出版文化賞を受賞。

落語世界文学全集

おいぼれハムレット

二〇一八年六月二〇日　初版印刷
二〇一八年六月三〇日　初版発行

著　者　橋本治
装　幀　副田高行　太田江理子（副田デザイン制作所）
装画・本文イラスト　田中靖夫
発行者　小野寺優
発行所　株式会社河出書房新社
〒一五一―〇〇五一
東京都渋谷区千駄ヶ谷二―三二―二
電話　〇三―三四〇四―一二〇一［営業］
〇三―三四〇四―八六一一［編集］
http://www.kawade.co.jp/

組　版　KAWADE DTP WORKS
印　刷　株式会社暁印刷
製　本　小高製本工業株式会社

ISBN978-4-309-72921-3
Printed in Japan